Cuentos de amor, de locura y de muerte,
Anaconda, y Cuentos de la selva

Horacio Quiroga

Cuentos de amor, de locura y de muerte, Anaconda, y Cuentos de la selva

Siglo 19
EDITORES

Títulos originales: Cuentos de amor, de locura y de muerte, 1918; Anaconda, 1921; Cuentos de la selva, 1918

Imágenes de la portada: Vista de Rooftops en la nieve, Gustave Caillebotte
Pelea entre un tigre y un toro, Henri Rousseau
Ilustración interior: Anaconda, Popular Science Monthly Volume 4, 1873-1874
Diseño de la colección: Siglo 19 Editores

Primera edición en e-book © 2012 – Siglo 19 Ed.
Primera impresión © 2012 – Siglo 19 Ed.

ISBN-13: 978-1481833172
ISBN-10: 1481833170

v. 1.0

Cuentos de amor, de locura y de muerte

EL ALMOHADÓN DE PLUMAS

Su luna de miel fue un largo escalofrío. Rubia, angelical y tímida, el carácter duro de su marido heló sus soñadas niñerías de novia. Lo quería mucho, sin embargo, a veces con un ligero estremecimiento cuando volviendo de noche juntos por la calle, echaba una furtiva mirada a la alta estatura de Jordán, mudo desde hacía una hora. Él, por su parte, la amaba profundamente, sin darlo a conocer.

Durante tres meses —se habían casado en abril— vivieron una dicha especial. Sin duda hubiera ella deseado menos severidad en ese rígido cielo de amor, más expansiva e incauta ternura; pero el impasible semblante de su marido la contenía siempre.

La casa en que vivían influía un poco en sus estremecimientos. La blancura del patio silencioso —frisos, columnas y estatuas de mármol— producía una otoñal impresión de palacio encantado. Dentro, el brillo glacial del estuco, sin el más leve rasguño en las altas paredes, afirmaba aquella sensación de desapacible frío. Al cruzar de una pieza a otra, los pasos hallaban eco en toda la casa, como si un largo abandono hubiera sensibilizado su resonancia.

En ese extraño nido de amor, Alicia pasó todo el otoño. No obstante, había concluido por echar un velo sobre sus antiguos sueños, y aún vivía dormida en la casa hostil, sin querer pensar en nada hasta que llegaba su marido.

No es raro que adelgazara. Tuvo un ligero ataque de influenza que se arrastró insidiosamente días y días; Alicia no se reponía nunca. Al fin una tarde pudo salir al jardín apoyada en el brazo de él. Miraba indiferente a uno y otro lado. De pronto Jordán, con honda ternura, le pasó la mano por la cabeza, y Alicia rompió en seguida en sollozos, echándole los brazos al cuello. Lloró largamente todo su espanto callado, redoblando el llanto a la menor tentativa de caricia. Luego los sollozos fueron retardándose, y aún quedó largo rato escondida en su cuello, sin moverse ni decir una palabra.

Fue ese el último día que Alicia estuvo levantada. Al día siguiente amaneció desvanecida. El médico de Jordán la examinó con suma atención, ordenándole calma y descanso absolutos.

—No sé —le dijo a Jordán en la puerta de calle, con la voz todavía baja—. Tiene una gran debilidad que no me explico, y sin vómitos, nada... Si mañana se despierta como hoy, llámeme enseguida.

Al otro día Alicia seguía peor. Hubo consulta. Constatóse una anemia de marcha agudísima, completamente inexplicable. Alicia no tuvo más desmayos, pero se iba visiblemente a la muerte. Todo el día el dormitorio estaba con las luces prendidas y en pleno silencio. Pasábanse horas sin oír el menor ruido. Alicia dormitaba. Jordán vivía casi en la sala, también con toda la luz encendida. Paseábase sin cesar de un extremo a otro, con incansable obstinación. La alfombra ahogaba sus pesos. A ratos entraba en el dormitorio y proseguía su mudo vaivén a lo largo de la cama, mirando a su mujer cada vez que caminaba en su dirección.

10

Pronto Alicia comenzó a tener alucinaciones, confusas y flotantes al principio, y que descendieron luego a ras del suelo. La joven, con los ojos desmesuradamente abiertos, no hacía sino mirar la alfombra a uno y otro lado del respaldo de la cama. Una noche se quedó de repente mirando fijamente. Al rato abrió la boca para gritar, y sus narices y labios se perlaron de sudor.

—¡Jordán! ¡Jordán! —clamó, rígida de espanto, sin dejar de mirar la alfombra.

Jordán corrió al dormitorio, y al verlo aparecer Alicia dio un alarido de horror.

—¡Soy yo, Alicia, soy yo!

Alicia lo miró con extravió, miró la alfombra, volvió a mirarlo, y después de largo rato de estupefacta confrontación, se serenó. Sonrió y tomó entre las suyas la mano de su marido, acariciándola temblando.

Entre sus alucinaciones más porfiadas, hubo un antropoide, apoyado en la alfombra sobre los dedos, que tenía fijos en ella los ojos.

Los médicos volvieron inútilmente. Había allí delante de ellos una vida que se acababa, desangrándose día a día, hora a hora, sin saber absolutamente cómo. En la última consulta Alicia yacía en estupor mientras ellos la pulsaban, pasándose de uno a otro la muñeca inerte. La observaron largo rato en silencio y siguieron al comedor.

—Pst... —se encogió de hombros desalentado su médico—. Es un caso serio... poco hay que hacer...

—¡Sólo eso me faltaba! —resopló Jordán. Y tamborileó bruscamente sobre la mesa.

Alicia fue extinguiéndose en su delirio de anemia, agravado de tarde, pero que remitía siempre en las primeras horas. Durante el día no avanzaba su enfermedad, pero cada mañana amanecía lívida, en síncope casi. Parecía que únicamente de noche se le fuera la vida en nuevas alas de sangre. Tenía siempre al despertar la sensación de estar desplomada en la cama con un millón de kilos encima. Desde el tercer día este hundimiento no la abandonó más. Apenas podía mover la cabeza. No quiso que le tocaran la cama, ni aún que le arreglaran el almohadón. Sus terrores crepusculares avanzaron en forma de monstruos que se arrastraban hasta la cama y trepaban dificultosamente por la colcha.

Perdió luego el conocimiento. Los dos días finales deliró sin cesar a media voz. Las luces continuaban fúnebremente encendidas en el dormitorio y la sala. En el silencio agónico de la casa, no se oía más que el delirio monótono que salía de la cama, y el rumor ahogado de los eternos pasos de Jordán.

Murió, por fin. La sirvienta, que entró después a deshacer la cama, sola ya, miró un rato extrañada el almohadón.

—¡Señor! —llamó a Jordán en voz baja—. En el almohadón hay manchas que parecen de sangre.

Jordán se acercó rápidamente Y se dobló a su vez. Efectivamente, sobre la funda, a ambos lados del hueco que había dejado la cabeza de Alicia, se veían manchitas oscuras.

—Parecen picaduras —murmuró la sirvienta después de un rato de inmóvil observación.

—Levántelo a la luz —le dijo Jordán.

La sirvienta lo levantó, pero enseguida lo dejó caer, y se quedó mirando a aquél, lívida y temblando. Sin saber por qué, Jordán sintió que los cabellos se le erizaban.

—¿Qué hay?—murmuró con la voz ronca.

—Pesa mucho —articuló la sirvienta, sin dejar de temblar.

Jordán lo levantó; pesaba extraordinariamente. Salieron

con él, y sobre la mesa del comedor Jordán cortó funda y envoltura de un tajo. Las plumas superiores volaron, y la sirvienta dio un grito de horror con toda la boca abierta, llevándose las manos crispadas a los bandós: —sobre el fondo, entre las plumas, moviendo lentamente las patas velludas, había un animal monstruoso, una bola viviente y viscosa. Estaba tan hinchado que apenas se le pronunciaba la boca.

Noche a noche, desde que Alicia había caído en cama, había aplicado sigilosamente su boca —su trompa, mejor dicho— a las sienes de aquélla, chupándole la sangre. La picadura era casi imperceptible. La remoción diaria del almohadón habría impedido sin duda su desarrollo, pero desde que la joven no pudo moverse, la succión fue vertiginosa. En cinco días, en cinco noches, había vaciado a Alicia.

Estos parásitos de las aves, diminutos en el medio habitual, llegan a adquirir en ciertas condiciones proporciones enormes. La sangre humana parece serles particularmente favorable, y no es raro hallarlos en los almohadones de plumas.

El hombre pisó algo blanduzco, y enseguida sintió la mordedura en el pie. Saltó adelante, y al volverse con un juramento vio una yararacusú que arrollada sobre sí misma, esperaba otro ataque.

El hombre echó una veloz ojeada a su pie, donde dos gotitas de sangre engrosaban dificultosamente, y sacó el machete de la cintura. La víbora vio la amenaza, y hundió más la cabeza en el centro mismo de su espiral; pero el machete cayó de plano, dislocándole las vértebras.

El hombre se bajó hasta la mordedura, quitó las gotitas de sangre, y durante un instante contempló. Un dolor agudo nacía de los dos puntitos violetas, y comenzaba a invadir todo el pie. Apresuradamente se ligó el tobillo con su pañuelo y siguió por la picada hacia su rancho.

El dolor en el pie aumentaba, con sensación de tirante abultamiento, y de pronto el hombre sintió dos o tres fulgurantes puntadas que, como relámpagos habían irradiado desde la herida hasta la mitad de la pantorrilla. Movía la pierna con dificultad; una metálica sequedad de garganta, seguida de sed quemante, le arrancó un nuevo juramento.

Llegó por fin al rancho, y se echó de brazos sobre la rueda de un trapiche. Los dos puntitos violeta desaparecían ahora en la monstruosa hinchazón del pie entero. La piel parecía adelgazada y a punto de ceder, de tensa. Quiso llamar a su mujer, y la voz se quebró en un ronco arrastre de garganta reseca. La sed lo devoraba.

—¡Dorotea! —alcanzó a lanzar en un estertor—. ¡Dame caña!

Su mujer corrió con un vaso lleno, que el hombre sorbió en tres tragos. Pero no había sentido gusto alguno.

—¡Te pedí caña, no agua! —rugió de nuevo—. ¡Dame caña!

—¡Pero es caña, Paulino! —protestó la mujer espantada.

—¡No, me diste agua! ¡Quiero caña, te digo!

La mujer corrió otra vez, volviendo con la damajuana. El hombre tragó uno tras otro dos vasos, pero no sintió nada en la garganta.

—Bueno; esto se pone feo —murmuró entonces, mirando su pie lívido y ya con lustre gangrenoso. Sobre la honda ligadura del pañuelo, la carne desbordaba como una monstruosa morcilla.

Los dolores fulgurantes se sucedían en continuos relampagueos, y llegaban ahora a la ingle. La atroz sequedad de garganta que el aliento parecía caldear más, aumentaba a la par. Cuando pretendió incorporarse, un fulminante vómito lo mantuvo medio minuto con la frente apoyada en la rueda de palo.

Pero el hombre no quería morir, y descendiendo hasta la costa subió a su canoa. Sentóse en la popa y comenzó a palear hasta el centro del Paraná. Allí la corriente del río, que en las inmediaciones del Iguazú corre seis millas, lo llevaría antes de cinco horas a Tacurú-Pucú.

El hombre, con sombría energía, pudo efectivamente llegar hasta el medio del río; pero allí sus manos dormidas dejaron caer la pala en la canoa, y tras un nuevo vómito

—de sangre esta vez— dirigió una mirada al sol que ya trasponía el monte.

La pierna entera, hasta medio muslo, era ya un bloque deforme y durísimo que reventaba la ropa. El hombre cortó la ligadura y abrió el pantalón con su cuchillo: el bajo vientre desbordó hinchado, con grandes manchas lívidas y terriblemente doloroso. El hombre pensó que no podría jamás llegar él solo a Tacurú-Pucú, y se decidió a pedir ayuda a su compadre Alves, aunque hacía mucho tiempo que estaban disgustados.

La corriente del río se precipitaba ahora hacia la costa brasileña, y el hombre pudo fácilmente atracar. Se arrastró por la picada en cuesta arriba, pero a los veinte metros, exhausto, quedó tendido de pecho.

—¡Alves! —gritó con cuanta fuerza pudo; y prestó oído en vano—. ¡Compadre Alves! ¡No me niegue este favor! —clamó de nuevo, alzando la cabeza del suelo. En el silencio de la selva no se oyó un solo rumor. El hombre tuvo aún valor para llegar hasta su canoa, y la corriente, cogiéndola de nuevo, la llevó velozmente a la deriva.

El Paraná corre allí en el fondo de una inmensa hoya, cuyas paredes, altas de cien metros, encajonan fúnebremente el río. Desde las orillas bordeadas de negros bloques de basalto, asciende el bosque, negro también. Adelante, a los costados, atrás, la eterna muralla lúgubre, en cuyo fondo el río arremolinado se precipita en incesantes borbollones de agua fangosa. El paisaje es agresivo, y reina en él un silencio de muerte. Al atardecer, sin embargo, su belleza sombría y calma cobra una majestad única.

El sol había caído ya cuando el hombre, semitendido en el fondo de la canoa, tuvo un violento escalofrío. Y de pronto, con asombro, enderezó pesadamente la cabeza: se sentía mejor. La pierna le dolía apenas, la sed disminuía, y su pecho, libre ya, se abría en lenta inspiración.

El veneno comenzaba a irse, no había duda. Se hallaba casi bien, y aunque no tenía fuerzas para mover la mano, contaba con la caída del rocío para reponerse del todo. Calculó que antes de tres horas estaría en Tacurú-Pucú.

El bienestar avanzaba, y con él una somnolencia llena de recuerdos. No sentía ya nada ni en la pierna ni en el vientre. ¿Viviría aún su compadre Gaona en Tacurú-Pucú? Acaso viera también a su ex patrón míster Dougald, y al recibidor del obraje.

¿Llegaría pronto? El cielo, al poniente, se abría ahora en pantalla de oro, y el río se había coloreado también. Desde la costa paraguaya, ya entenebrecida, el monte dejaba caer sobre el río su frescura crepuscular, en penetrantes efluvios de azahar y miel silvestre. Una pareja de guacamayos cruzó muy alto y en silencio hacia el Paraguay.

Allá abajo, sobre el río de oro, la canoa derivaba velozmente, girando a ratos sobre sí misma ante el borbollón de un remolino. El hombre que iba en ella se sentía cada vez mejor, y pensaba entretanto en el tiempo justo que había pasado sin ver a su ex patrón Dougald. ¿Tres años? Tal vez no, no tanto. ¿Dos años y nueve meses? Acaso. ¿Ocho meses y medio? Eso sí, seguramente.

De pronto sintió que estaba helado hasta el pecho. ¿Qué sería? Y la respiración también...

Al recibidor de maderas de míster Dougald, Lorenzo Cubilla, lo había conocido en Puerto Esperanza un viernes santo... ¿Viernes? Sí, o jueves...

El hombre estiró lentamente los dedos de la mano.

—Un jueves...

Y cesó de respirar.

Todo el día, sentados en el patio en un banco, estaban los cuatro hijos idiotas del matrimonio Mazzini-Ferraz. Tenían la lengua entre los labios, los ojos estúpidos y volvían la cabeza con la boca abierta.

El patio era de tierra, cerrado al oeste por un cerco de ladrillos. El banco quedaba paralelo a él, a cinco metros, y allí se mantenían inmóviles, fijos los ojos en los ladrillos. Como el sol se ocultaba tras el cerco, al declinar los idiotas tenían fiesta. La luz enceguecedora llamaba su atención al principio, poco a poco sus ojos se animaban; se reían al fin estrepitosamente, congestionados por la misma hilaridad ansiosa, mirando el sol con alegría bestial, como si fuera comida.

Otra veces, alineados en el banco, zumbaban horas enteras, imitando al tranvía eléctrico. Los ruidos fuertes sacudían asimismo su inercia, y corrían entonces, mordiéndose la lengua y mugiendo, alrededor del patio. Pero casi siempre estaban apagados en un sombrío letargo de idiotismo, y pasaban todo el día sentados en su banco, con las piernas colgantes y quietas, empapando de glutinosa saliva el pantalón.

El mayor tenía doce años, y el menor ocho. En todo su aspecto sucio y desvalido se notaba la falta absoluta de un poco de cuidado maternal.

Esos cuatro idiotas, sin embargo, habían sido un día el

encanto de sus padres. A los tres meses de casados, Mazzini y Berta orientaron su estrecho amor de marido y mujer, y mujer y marido, hacia un porvenir mucho más vital: un hijo: ¿Qué mayor dicha para dos enamorados que esa honrada consagración de su cariño, libertado ya del vil egoísmo de un mutuo amor sin fin ninguno y, lo que es peor para el amor mismo, sin esperanzas posibles de renovación?

Así lo sintieron Mazzini y Berta, y cuando el hijo llegó, a los catorce meses de matrimonio, creyeron cumplida su felicidad. La criatura creció bella y radiante, hasta que tuvo año y medio. Pero en el vigésimo mes sacudiéronlo una noche convulsiones terribles, y a la mañana siguiente no conocía más a sus padres. El médico lo examinó con esa atención profesional que está visiblemente buscando las causas del mal en las enfermedades de los padres.

Después de algunos días los miembros paralizados recobraron el movimiento; pero la inteligencia, el alma, aun el instinto, se habían ido del todo; había quedado profundamente idiota, baboso, colgante, muerto para siempre sobre las rodillas de su madre.

—¡Hijo, mi hijo querido! —sollozaba ésta, sobre aquella espantosa ruina de su primogénito.

El padre, desolado, acompañó al médico afuera.

—A usted se le puede decir; creo que es un caso perdido. Podrá mejorar, educarse en todo lo que le permita su idiotismo, pero no más allá.

—¡Sí!... ¡Sí! —asentía Mazzini—. Pero dígame: ¿Usted cree que es herencia, que?...

—En cuanto a la herencia paterna, ya le dije lo que creía cuando vi a su hijo. Respecto a la madre, hay allí un pulmón que no sopla bien. No veo nada más, pero hay un soplo un poco rudo. Hágala examinar bien.

Con el alma destrozada de remordimiento, Mazzini redobló el amor a su hijo, el pequeño idiota que pagaba los excesos del abuelo. Tuvo asimismo que consolar, sostener sin tregua a Berta, herida en lo más profundo por aquel fracaso de su joven maternidad.

Como es natural, el matrimonio puso todo su amor en la esperanza de otro hijo. Nació éste, y su salud y limpidez de risa reencendieron el porvenir extinguido. Pero a los dieciocho meses las convulsiones del primogénito se repetían, y al día siguiente amanecía idiota.

Esta vez los padres cayeron en honda desesperación. ¡Luego su sangre, su amor estaban malditos! ¡Su amor, sobre todo! Veintiocho años él, veintidós ella, y toda su apasionada ternura no alcanzaba a crear un átomo de vida normal. Ya no pedían más belleza e inteligencia como en el primogénito; ¡pero un hijo, un hijo como todos!

Del nuevo desastre brotaron nuevas llamaradas del dolorido amor, un loco anhelo de redimir de una vez para siempre la santidad de su ternura. Sobrevinieron mellizos, y punto por punto repitióse el proceso de los dos mayores.

Mas, por encima de su inmensa amargura, quedaba a Mazzini y Berta gran compasión por sus cuatro hijos. Hubo que arrancar del limbo de la más honda animalidad, no ya sus almas, sino el instinto mismo abolido. No sabían deglutir, cambiar de sitio, ni aun sentarse. Aprendieron al fin a caminar, pero chocaban contra todo, por no darse cuenta de los obstáculos. Cuando los lavaban mugían hasta inyectarse de sangre el rostro. Animábanse sólo al comer, o cuando veían colores brillantes u oían truenos. Se reían entonces, echando afuera lengua y ríos de baba, radiantes de frenesí bestial. Tenían, en cambio, cierta facultad imitativa; pero no se pudo obtener nada más. Con los mellizos pareció haber concluido la aterradora descendencia. Pero pasados tres años desearon de nuevo ardientemente otro hijo, confiando en que el largo tiempo transcurrido hubiera aplacado a la fatalidad.

No satisfacían sus esperanzas. Y en ese ardiente anhelo que se exasperaba, en razón de su infructuosidad, se agriaron. Hasta ese momento cada cual había tomado sobre sí la parte que le correspondía en la miseria de sus hijos; pero la desesperanza de redención ante las cuatro bestias que habían nacido de ellos, echó afuera esa imperiosa necesidad de culpar a los otros, que es patrimonio específico de los corazones inferiores.

Iniciáronse con el cambio de pronombre: tus hijos. Y como a más del insulto había la insidia, la atmósfera se cargaba.

—Me parece —díjole una noche Mazzini, que acababa de entrar y se lavaba las manos—que podrías tener más limpios a los muchachos.

Berta continuó leyendo como si no hubiera oído.

—Es la primera vez —repuso al rato— que te veo inquietarte por el estado de tus hijos.

Mazzini volvió un poco la cara a ella con una sonrisa forzada:

—De nuestros hijos, ¿me parece?

—Bueno; de nuestros hijos. ¿Te gusta así? —alzó ella los ojos.

Esta vez Mazzini se expresó claramente:

—¿Creo que no vas a decir que yo tenga la culpa, no?

—¡Ah, no! —se sonrió Berta, muy pálida— ¡pero yo tampoco, supongo!... ¡No faltaba más!... —murmuró.

—¿Qué, no faltaba más?

—¡Que si alguien tiene la culpa, no soy yo, entiéndelo bien! Eso es lo que te quería decir.

Su marido la miró un momento, con brutal deseo de insultarla.

—¡Dejemos! —articuló, secándose por fin las manos.

—Como quieras; pero si quieres decir...

—¡Berta!

—¡Como quieras!

Este fue el primer choque y le sucedieron otros. Pero en las inevitables reconciliaciones, sus almas se unían con doble arrebato y locura por otro hijo.

Nació así una niña. Vivieron dos años con la angustia a flor de alma, esperando siempre otro desastre. Nada acaeció, sin embargo, y los padres pusieron en ella toda su complaciencia, que la pequeña llevaba a los más extremos límites del mimo y la mala crianza.

Si aún en los últimos tiempos Berta cuidaba siempre de sus hijos, al nacer Bertita olvidóse casi del todo de los otros. Su solo recuerdo la horrorizaba, como algo atroz que la hubieran obligado a cometer. A Mazzini, bien que en menor grado, pasábale lo mismo.

No por eso la paz había llegado a sus almas. La menor indisposición de su hija echaba ahora afuera, con el terror de perderla, los rencores de su descendencia podrida. Habían acumulado hiel sobrado tiempo para que el vaso no quedara distendido, y al menor contacto el veneno se vertía afuera. Desde el primer disgusto emponzoñado habíanse perdido el respeto; y si hay algo a que el hombre se siente arrastrado con cruel fruición, es, cuando ya se comenzó, a humillar del todo a una persona. Antes se contenían por la mutua falta de éxito; ahora que éste había llegado, cada cual, atribuyéndolo a sí mismo, sentía mayor la infamia de los cuatro engendros que el otro habíale forzado a crear.

Con estos sentimientos, no hubo ya para los cuatro

hijos mayores afecto posible. La sirvienta los vestía, les daba de comer, los acostaba, con visible brutalidad. No los lavaban casi nunca. Pasaban casi todo el día sentados frente al cerco, abandonados de toda remota caricia.

De este modo Bertita cumplió cuatro años, y esa noche, resultado de las golosinas que era a los padres absolutamente imposible negarle, la criatura tuvo algún escalofrío y fiebre. Y el temor a verla morir o quedar idiota, tornó a reabrir la eterna llaga.

Hacía tres horas que no hablaban, y el motivo fue, como casi siempre, los fuertes pasos de Mazzini.

—¡Mi Dios! ¿No puedes caminar más despacio? ¿Cuántas veces?...

—Bueno, es que me olvido; ¡se acabó! No lo hago a propósito.

Ella se sonrió, desdeñosa: —¡No, no te creo tanto!

—Ni yo, jamás, te hubiera creído tanto a ti... ¡tisiquilla!

—¡Qué! ¿Qué dijiste?...

—¡Nada!

—¡Sí, te oí algo! Mira: ¡no sé lo que dijiste; pero te juro que prefiero cualquier cosa a tener un padre como el que has tenido tú!

Mazzini se puso pálido.

—¡Al fin! —murmuró con los dientes apretados—. ¡Al fin, víbora, has dicho lo que querías!

—¡Sí, víbora, sí! Pero yo he tenido padres sanos, ¿oyes?, ¡sanos! ¡Mi padre no ha muerto de delirio! ¡Yo hubiera tenido hijos como los de todo el mundo! ¡Esos son hijos tuyos, los cuatro tuyos!

Mazzini explotó a su vez.

—¡Víbora tísica! ¡eso es lo que te dije, lo que te quiero decir! ¡Pregúntale, pregúntale al médico quién tiene la mayor culpa de la meningitis de tus hijos: mi padre o tu pulmón picado, víbora!

Continuaron cada vez con mayor violencia, hasta que un gemido de Bertita selló instantáneamente sus bocas. A la una de la mañana la ligera indigestión había desaparecido, y como pasa fatalmente con todos los matrimonios jóvenes que se han amado intensamente una vez siquiera, la reconciliación llegó, tanto más efusiva cuanto hirientes fueran los agravios.

Amaneció un espléndido día, y mientras Berta se levantaba escupió sangre. Las emociones y mala noche pasada tenían, sin duda, gran culpa. Mazzini la retuvo abrazada largo rato, y ella lloró desesperadamente, pero sin que ninguno se atreviera a decir una palabra.

A las diez decidieron salir, después de almorzar. Como apenas tenían tiempo, ordenaron a la sirvienta que matara una gallina.

El día radiante había arrancado a los idiotas de su banco. De modo que mientras la sirvienta degollaba en la cocina al animal, desangrándolo con parsimonia (Berta había aprendido de su madre este buen modo de conservar frescura a la carne), creyó sentir algo como respiración tras ella. Volvióse, y vio a los cuatro idiotas, con los hombros pegados uno a otro, mirando estupefactos la operación... Rojo... rojo...

—¡Señora! Los niños están aquí, en la cocina.

Berta llegó; no quería que jamás pisaran allí. ¡Y ni aun en esas horas de pleno perdón, olvido y felicidad reconquistada, podía evitarse esa horrible visión! Porque, naturalmente, cuando más intensos eran los raptos de amor a su marido e hija, más irritado era su humor con los monstruos.

—¡Que salgan, María! ¡Échelos! ¡Échelos, le digo!

Las cuatro pobres bestias, sacudidas, brutalmente empujadas, fueron a dar a su banco.

Después de almorzar, salieron todos. La sirvienta fue a Buenos Aires, y el matrimonio a pasear por las quintas. Al bajar el sol volvieron;, pero Berta quiso saludar un momento a sus vecinas de enfrente. Su hija escapóse enseguida a casa.

Entretanto los idiotas no se habían movido en todo el día de su banco. El sol había traspuesto ya el cerco, comenzaba a hundirse, y ellos continuaban mirando los ladrillos, más inertes que nunca.

De pronto, algo se interpuso entre su mirada y el cerco. Su hermana, cansada de cinco horas paternales, quería observar por su cuenta. Detenida al pie del cerco, miraba pensativa la cresta. Quería trepar, eso no ofrecía duda. Al fin decidióse por una silla desfondada, pero faltaba aún. Recurrió entonces a un cajón de kerosene, y su instinto topográfico hízole colocar vertical el mueble, con lo cual triunfó.

Los cuatro idiotas, la mirada indiferente, vieron cómo su hermana lograba pacientemente dominar el equilibrio, y cómo en puntas de pie apoyaba la garganta sobre la cresta del cerco, entre sus manos tirantes. Viéronla mirar a todos lados, y buscar apoyo con el pie para alzarse más.

Pero la mirada de los idiotas se había animado; una misma luz insistente estaba fija en sus pupilas. No apartaban los ojos de su hermana, mientras creciente sensación de gula bestial iba cambiando cada línea de sus rostros. Lentamente avanzaron hacia el cerco. La pequeña, que habiendo logrado calzar el pie, iba ya a montar a horcajadas y a caerse del otro lado, seguramente, sintióse cogida de la pierna. Debajo de ella, los ocho ojos clavados en los suyos le dieron miedo.

—¡Soltáme! ¡Déjame! —gritó sacudiendo la pierna. Pero fue atraída.

—¡Mamá! ¡Ay, mamá! ¡Mamá, papá! —lloró imperiosamente. Trató aún de sujetarse del borde, pero sintióse arrancada y cayó.

—Mamá, ¡ay! Ma... —No pudo gritar más. Uno de ellos le apretó el cuello, apartando los bucles como si fueran plumas, y los otros la arrastraron de una sola pierna hasta la cocina, donde esa mañana se había desangrado a la gallina, bien sujeta, arrancándole la vida segundo por segundo.

Mazzini, en la casa de enfrente, creyó oír la voz de su hija.

—Me parece que te llama —le dijo a Berta.

Prestaron oído, inquietos, pero no oyeron más. Con todo, un momento después se despidieron, y mientras Bertita a dejar su sombrero, Mazzini avanzó en el patio.

—¡Bertita!

Nadie respondió.

—¡Bertita! —alzó más la voz, ya alterada.

Y el silencio fue tan fúnebre para su corazón siempre aterrado, que la espalda se le heló de horrible presentimiento.

—¡Mi hija, mi hija! —corrió ya desesperado hacia el fondo. Pero al pasar frente a la cocina vio en el piso un mar de sangre. Empujó violentamente la puerta entornada, y lanzó un grito de horror.

Berta, que ya se había lanzado corriendo a su vez al oír el angustioso llamado del padre, oyó el grito y respondió con otro. Pero al precipitarse en la cocina, Mazzini, lívido como la muerte, se interpuso, conteniéndola:

—¡No entres! ¡No entres!

Berta alcanzó a ver el piso inundado de sangre. Sólo pudo echar sus brazos sobre la cabeza y hundirse a lo largo de él con un ronco suspiro.

26

La muerte de Isolda

Concluía el primer acto de Tristán e Isolda. Cansado de la agitación de ese día, me quedé en mi butaca, muy contento de mi soledad. Volví la cabeza a la sala, y detuve en seguida los ojos en un palco bajo.

Evidentemente, un matrimonio. Él, un marido cualquiera, y tal vez por su mercantil vulgaridad y la diferencia de años con su mujer, menos que cualquiera. Ella, joven, pálida, con una de esas profundas bellezas que más que en el rostro —aun bien hermoso— residen en la perfecta solidaridad de mirada, boca, cuello, modo de entrecerrar los ojos. Era, sobre todo, una belleza para hombres, sin ser en lo más mínimo provocativa; y esto es precisamente lo que no entenderán nunca las mujeres.

La miré largo rato a ojos descubiertos porque la veía muy bien, y porque cuando el hombre está así en tensión de aspirar fijamente un cuerpo hermoso, no recurre al arbitrio femenino de los anteojos. Comenzó el segundo acto. Volví aún la cabeza al palco, y nuestras miradas se cruzaron. Yo, que había apreciado ya el encanto de aquella mirada vagando por uno y otro lado de la sala, viví en un segundo, al sentirla directamente apoyada en mí, el más adorable sueño de amor que haya tenido nunca.

Fue aquello muy rápido: los ojos huyeron, pero dos o

tres veces, en mi largo minuto de insistencia, tornaron fugazmente a mí. Fue asimismo, con la súbita dicha de haberme soñado un instante su marido, el más rápido desencanto de un idilio. Sus ojos volvieron otra vez, pero en ese instante sentí que mi vecino de la izquierda miraba hacia allá, y, después de un momento de inmovilidad por ambas partes, se, saludaron.

Así, pues, yo no tenía el más remoto derecho a considerarme un hombre feliz, y observé a mi compañero. Era un hombre de más de treinta y cinco años, de barba rubia y ojos azules de mirada clara y un poco dura, que expresaba inequívoca voluntad.

—Se conocen —me dije— y no poco.

En efecto, después de la mitad del acto mi vecino, que no había vuelto a apartar los ojos de la escena, los fijó en el palco. Ella, la cabeza un poco echada atrás, y en la penumbra, lo miraba también. Me pareció más pálida aún. Se miraron fijamente, insistentemente, aislados del mundo en aquella recta paralela de alma a alma que los mantenía inmóviles.

Durante el tercero, mi vecino no volvió un instante la cabeza. Pero antes de concluir aquél, salió por el pasillo lateral. Miré al palco, y ella también se había retirado.

—Final de idilio —me dije melancólicamente.

El no volvió más, y el palco quedó vacío.

* * *

—Sí, se repiten —sacudió largo rato la cabeza—. Todas las situaciones dramáticas pueden repetirse, aun las más inverosímiles, y se repiten. Es menester vivir, y usted es muy muchacho... Y las de su Tristán también, lo que no obsta para que haya allí el más sostenido alarido de pasión que haya gritado alma humana. Yo quiero tanto como usted esa obra, y acaso más. No me refiero, querrá creer, al drama de Tristán, y con él las treinta y seis situaciones del dogma, fuera de las cuales todas son repeticiones. No; la escena que vuelve como una pesadilla, los personajes que sufren la alucinación de una dicha muerta, es otra cosa. Usted asistió al preludio de una de esas repeticiones... Sí, ya sé que se acuerda... No nos conocíamos con usted entonces... ¡Y precisamente a usted debía de hablarle de esto! Pero juzga mal lo que vio y creyó un acto mío feliz... ¡Feliz!... óigame. El buque parte dentro de un momento, y esta vez no vuelvo más... Le cuento esto a usted, como si se lo pudiera escribir, por dos razones: Primero, porque usted tiene un parecido pasmoso con lo que era yo entonces —en lo bueno únicamente, por suerte—. Y segundo, por que usted, mi joven amigo, es perfectamente incapaz de pretenderla, después de lo que va a oír. Óigame: La conocí hace diez años, y durante los seis meses que fui su novio hice cuanto estuvo en mí para que fuera mía. La quería mucho, y ella, inmensamente a mí. Por esto cedió un día, y desde ese instante mi amor, privado de tensión, se enfrió.

Nuestro ambiente social era distinto, y mientras ella se embriagaba con la dicha de poseer mi nombre, yo vivía en una esfera de mundo donde me era inevitable flirtear con muchachas de apellido, fortuna, y a veces muy lindas.

Una de ellas llevó conmigo el flirteo bajo parasoles de garden party a un extremo tal, que me exasperé y la pretendí seriamente. Pero si mi persona era interesante para esos juegos, mi fortuna no alcanzaba a prometerle el tren necesario, y me lo dio a entender claramente. Tenía razón, perfecta razón. En consecuencia, flirteé con una amiga suya, mucho más fea, pero infinitamente menos hábil para estas torturas del téte-à-téte a diez centímetros, cuya gracia exclusiva consiste en enloquecer a su flirt, manteniéndose uno dueño de sí. Y esta vez no fui yo quien se exasperó.

Seguro, pues, del triunfo, pensé entonces en el modo de romper con Inés. Continuaba viéndola, y aunque no podía ella engañarse sobre el amortiguamiento de mi pasión, su amor era demasiado grande para no iluminarle los ojos de felicidad cada vez que me veía llegar. La madre nos dejaba solos; y aunque hubiera sabido lo que pasaba, habría cerrado los ojos para no perder la más vaga posibilidad de subir con su hija a una esfera mucho más alta.

Una noche fui allá dispuesto a romper, con visible malhumor, por lo mismo. Inés corrió a abrazarme, pero se detuvo, bruscamente pálida.

—¿Qué tienes? —me dijo.

—Nada —le respondí con sonrisa forzada, acariciándole la frente. Ella dejó hacer, sin prestar atención a mi mano y mirándome insistentemente. Al fin apartó los ojos contraídos y entramos en la sala.

La madre vino, pero sintiendo cielo de tormenta, estuvo sólo un momento y desapareció.

Romper es palabra corta y fácil; pero comenzarlo...

Nos habíamos sentado y no hablábamos. Inés se inclinó, me apartó la mano de la cara y me clavó los ojos, dolorosos de angustioso examen.

—¡Es evidente!... —murmuró.

—¿Qué?—le pregunté fríamente.

La tranquilidad de mi mirada le hizo más daño que mi voz, y su rostro se demudó:

—¡Que ya no me quieres! —articuló en una desesperada y lenta oscilación de cabeza.

—Esta es la quincuagésima vez que dices lo mismo

—respondí. No podía darse respuesta más dura; pero yo tenía ya el comienzo. Inés me miró un rato casi como a un extraño, y apartándome bruscamente la mano con el cigarro, su voz se rompió:

—¡Esteban!

—¿Qué? —torné a repetir.

Ésta vez bastaba. Dejó lentamente mi mano y se reclinó atrás ex el sofá, manteniendo fija en la lámpara su rostro lívido. Pero un momento después su cara caía de costado bajo el brazo crispado al respaldo.

Pasó un rato aún. La injusticia de mi actitud —no veía en ella más que injusticia— acrecentaba el profundo disgusto de mí mismo. Por eso cuando oí, o más bien sentí, que las lágrimas brotaban al fin, me levanté con un violento chasquido de lengua.

—Yo creía que no íbamos a tener más escenas —le dije paseándome.

No me respondió, y agregué:

—Pero que sea ésta la última.

Sentí que las lágrimas se detenían, y bajo ellas me respondió un momento después:

—Como quieras.

Pero en seguida cayó sollozando sobre el sofá:

—¡Pero qué te he hecho! ¡Qué te he hecho!

—¡Nada! —le respondí—. Pero yo tampoco te he hecho nada a ti... Creo que estamos en el mismo caso. ¡Estoy harto de estas cosas!

Mi voz era seguramente mucho más dura que mis palabras. Inés se incorporó, y sosteniéndose en el brazo del sofá, repitió, helada:

—Como quieras.

Era una despedida. Yo iba a romper, y se me adelantaban.

El amor propio, el vil amor propio tocado a vivo, me hizo responder:

—Perfectamente... Me voy. Que seas más feliz... otra vez.

No comprendió, y me miró con extrañeza. Yo había ya cometido la primera infamia; y como en esos casos, sentí el vértigo de enlodarme más aún.

—¡Es claro! —apoyé brutalmente—. Porque de mí no has tenido queja .... ¿no?

Es decir: te hice el honor de ser tu amante, y debes estarme agradecida.

Comprendió más mi sonrisa que mis palabras, y mientras yo salía a buscar mi sombrero en el corredor, su cuerpo y su alma entera se desplomaban en la sala.

Entonces, en ese instante en que crucé la galería, sentí intensamente lo que acababa de hacer. Aspiración de lujo, matrimonio encumbrado, todo me resaltó como una llaga en mi propia alma. Y yo, que me ofrecía en subasta a las mundanas feas con fortuna, que me ponía en venta, acababa de cometer el acto más ultrajante con la mujer que nos ha querido demasiado... Flaqueza en el Monte de los Olivos, o momento vil en un hombre que no lo es, llevan al mismo fin: ansia de sacrificio, de reconquista más alta del propio valer. Y luego la inmensa sed de ternura, de borrar beso tras beso las lágrimas de la mujer adorada, cuya primera sonrisa tras la herida que le hemos causado es la más bella luz que pueda inundar un corazón de hombre.

¡Y concluido! No me era posible ante mí mismo volver a tomar lo que acababa de ultrajar de ese modo: ya no,era digno de ella, ni la merecía más. Había enlodado en un segundo el amor más puro que hombre alguno ha ya sentido sobre sí, y acababa de perder con Inés la irreencontrable felicidad de poseer a quien nos ama entrañablemente.

Desesperado, humillado, crucé por delante de la sala, y la vi, echada sobre el sofá, sollozando el alma entera, entre sus brazos.

¡Inés! ¡Perdida ya! Sentí más honda mi miseria ante su cuerpo, todo amor, sacudido por los sollozos de su dicha muerta. Sin darme cuenta casi, me detuve.

—¡Inés! —dije.

Mi voz no era ya la de antes. Y ella debió notarlo bien, porque su alma sintió, en aumento de sollozos, el desesperado llamado que le hacía mi amor —¡esa vez, sí, inmenso amor!

—No, no... —me respondió—. ¡Es demasiado tarde!

* * *

Padilla se detuvo. Pocas veces he visto amargura más seca y tranquila que la de sus ojos cuando concluyó. Por mi parte, no podía apartar de mi memoria aquella adorable belleza del palco, sollozando sobre el sofá...

—Me creerá —reanudó Padilla— si le digo que en mis insomnios de soltero descontento de sí mismo la he tenido así ante mí... Salí enseguida de Buenos Aires sin ver casi a nadie, y menos a mi flirt de gran fortuna... Volví a los ocho años, y supe— entonces que se había casado, a los seis meses de haberme ido y Torné a alejarme, y hace un mes regresé, bien tranquilizado ya, y en paz.

No había vuelto a verla. Era para mí como un primer amor, con todo el encanto dignificante que un idilio virginal tiene para el hombre hecho que después amó cien veces... Si usted es querido alguna vez como yo lo fui, y ultraja como yo lo hice, comprenderá, toda la pureza que hay en mi recuerdo.

33

Hasta que una noche tropecé con ella. Sí, esa misma noche en el teatro... Comprendí, al ver al opulento almacenero de su marido, que se había precipitado en el matrimonio, como yo al Ucayali... Pero al verla otra vez, a veinte metros de mí, mirándome, sentí que en mi alma, dormida en paz, surgía sangrando la desolación de haberla perdido, como si no hubiera pasado un solo día de esos diez años. ¡Inés! Su hermosura, su mirada —única entre todas las mujeres—, habían sido mías, bien mías, porque me habían sido entregadas con adoración. También apreciará usted esto algún día.

Hice lo humanamente posible para olvidar, me rompí las muelas tratando de concentrar todo mi pensamiento en la escena. Pero la prodigiosa partitura de Wagner, ese grito de pasión enfermante, encendió en llama viva lo que quería olvidar. En el segundo o tercer acto no pude más y volví la cabeza. Ella también sufría la sugestión de Wagner, y me miraba. ¡Inés, mi vida! Durante medio minuto su boca, sus manos, estuvieron bajo mi boca y mis ojos, y durante ese tiempo ella concentró en su palidez la sensación de esa dicha muerta hacía diez años. ¡Y Tristán siempre, sus alaridos de pasión sobrehumana, sobre nuestra felicidad yerta!

Me levanté entonces, atravesé las butacas como un sonámbulo, y avancé por el pasillo aproximándome ella sin verla, sin que me viera, como si durante diez años no hubiera yo sido, un miserable... Y como diez años atrás, sufrí la alucinación de que llevaba mi sombrero en la mano e iba a pasar delante de ella.

Pasé, la puerta del palco estaba abierta, y me detuve enloquecido. Como diez años antes sobre el sofá ella, Inés, tendida ahora en el diván del antepalco, sollozaba la pasión de Wagner y su felicidad deshecha.

¡Inés!.... Sentí que el destino me colocaba en un momento decisivo. ¡Diez años!... ¿Pero habían pasado? ¡No, no, Inés mía!

Y como entonces, al ver su cuerpo todo amor, sacudido por los sollozos, la llamé:

—¡Inés!

Y como diez años antes, los sollozos redoblaron, y como entonces me respondió bajo sus brazos:

—No, no... ¡Es demasiado tarde!...

El cachorro *Old* salió por la puerta y atravesó el patio con paso recto y perezoso. Se detuvo en la linde del pasto, estiró al monte, entrecerrando los ojos, la nariz vibrátil, y se sentó tranquilo. Veía la monótona llanura del Chaco, con sus alternativas de campo y monte, monte y campo, sin más color que el crema del pasto y el negro del monte. Este cerraba el horizonte, a doscientos metros, por tres lados de la chacra. Hacia el Oeste, el campo se ensanchaba y extendía en abra, pero que la ineludible línea sombría enmarcaba a lo lejos.

A esa hora temprana, el confín, ofuscante de luz a mediodía, adquiría reposada nitidez. No había una nube ni un soplo de viento. Bajo la calma del cielo plateado el campo emanaba tónica frescura que traía al alma pensativa, ante la certeza de otro día de seca, melancolías de mejor compensado trabajo.

Milk, el padre del cachorro, cruzó a la vez el patio y se sentó al lado de aquél, con perezoso quejido de bienestar. Ambos permanecían inmóviles, pues aún no había moscas.

Old, que miraba, hacía rato a la vera del monte, observó:

—La mañana es fresca.

Milk siguió la mirada del cachorro y quedó con la vista fija, parpadeando distraído. Después de un rato dijo:

—En aquel árbol hay dos halcones.

Volvieron la vista indiferente a un buey que pasaba y continuaron mirando por costumbre las cosas.

Entretanto, el oriente comenzaba a empurpurarse en abanico, y el horizonte había perdido ya su matinal precisión. *Milk* cruzó las patas delanteras y al hacerlo sintió un leve dolor. Miró sus dedos sin moverse, decidiéndose por fin a olfatearlos. El día anterior se había sacado un pique, y en recuerdo de lo que había sufrido lamió extensamente el dedo enfermo.

—No podía caminar —exclamó en conclusión.

Old no comprendió a qué se refería. *Milk* agregó:

—Hay muchos piques.

Esta vez el cachorro comprendió. Y repuso por su cuenta, después de largo rato:

—Hay muchos piques.

Uno y otro callaron de nuevo, convencidos.

El sol salió, y en el primer baño de su luz, las pavas del monte lanzaron al aire puro el tumultuoso trompeteo de su charanga. Los perros, dorados al sol oblicuo, entornaron los ojos, dulcificando su molicie en beato pestañeo. Poco a poco la pareja aumentó con la llegada de los otros compañeros: *Dick*, el taciturno preferido; *Prince*, cuyo labio superior, partido por un coatí, dejaba ver los dientes, e *Isondú*, de nombre indígena. Los cinco *fox-terriers*, tendidos y beatos de bienestar, durmieron.

Al cabo de una hora irguieron la cabeza; por el lado opuesto del bizarro rancho de dos pisos —el inferior de barro y el alto de madera, con corredores y baranda de *chalet*—, habían sentido los pasos de su dueño, que se detuvo un momento en la esquina del rancho y miró el sol, alto ya. Tenía aún la mirada muerta y el labio pendiente tras su solitaria velada de *whisky*, más prolongada que las habituales.

Mientras se lavaba, los perros se acercaron y le olfatearon las botas, meneando con pereza el rabo. Como las fieras amaestradas, los perros conocen el menor indicio de borrachera en su amo. Alejáronse con lentitud a echarse de nuevo al sol. Pero el calor creciente les hizo presto abandonar aquél, por la sombra de los corredores.

El día avanzaba igual a los precedentes de todo ese mes: seco, límpido, con catorce horas de sol calcinante que parecía mantener el cielo en fusión, y que en un instante resquebrajaba la tierra mojada en costras blanquecinas. Míster Jones fue a la chacra, miró el trabajo del día anterior y retornó al rancho. En toda esa mañana no hizo nada. Almorzó y subió a dormir la siesta.

Los peones volvieron a las dos a la carpición, no obstante la hora de fuego, pues los yuyos no dejaban el algodonal. Tras ellos fueron los perros muy amigos del cultivo desde que el invierno pasado hubieron aprendido a disputar a los halcones los gusanos blancos que levantaba el arado. Cada perro se echó bajo un algodonero, acompañando con su jadeo los golpes sordos de la azada.

Entretanto el calor crecía. En el paisaje silencioso y enceguecientes de sol, el aire vibraba a todos lados, dañando la vista. La tierra removida exhalaba vaho de horno, que los peones soportaban sobre la cabeza, envuelta hasta las orejas en el flotante pañuelo, con el mutismo de sus trabajos de chacra. Los perros cambiaban a cada rato de planta, en procura de más fresca sombra. Tendíanse a lo largo, pero la fatiga los obligaba a sentarse sobre las patas traseras, para respirar mejor.

Reverberaba ahora adelante de ellos un pequeño páramo de greda que ni siquiera se había intentado arar. Allí, el cachorro vio de pronto a Míster Jones sentado sobre un tronco, que lo miraba fijamente. *Old* se puso en pie meneando el rabo. Los otros levantáronse también, pero erizados.

—Es el patrón —exclamó el cachorro sorprendido de la actitud de aquellos.

—No, no es él —replicó *Dick*.

Los cuatro perros estaban apiñados gruñendo sordamente, sin apartar los ojos de míster Jones, que continuaba inmóvil, mirándolos. El cachorro, incrédulo, fue a avanzar, pero *Prince* le mostró los dientes:

—No es él, es la *Muerte*.

El cachorro se erizó de miedo y retrocedió al grupo.

—¿Es el patrón muerto? —preguntó ansiosamente.

Los otros, sin responderle, rompieron a ladrar con furia, siempre en actitud temerosa. Pero míster Jones se desvanecía ya en el aire ondulante.

Al oír los ladridos, los peones habían levantado la vista, sin distinguir nada. Giraron la cabeza para ver si había entrado algún caballo en la chacra, y se doblaron de nuevo.

Los *fox-terriers* volvieron al paso al rancho. El cachorro, erizado aún, se adelantaba y retrocedía con cortos trotes nerviosos, y supo de la experiencia de sus compañeros que cuando una cosa va a morir, aparece antes.

—¿Y cómo saben que ése que vimos no era el patrón vivo? —preguntó.

—Porque no era él —le respondieron displicentes.

¡Luego la muerte, y con ella el cambio de dueño, las miserias, las patadas, estaba sobre ellos! Pasaron el resto de la tarde al lado de su patrón, sombríos y alerta. Al menor ruido gruñían, sin saber hacia dónde. Míster Jones sentíase satisfecho de su guardiana inquietud.

Por fin el sol se hundió tras el negro palmar del arroyo,

y en la calma de la noche plateada los perros se estacionaron alrededor del rancho, en cuyo piso alto míster Jones recomenzaba su velada de *whisky*. A medianoche oyeron sus pasos, luego la caída de las botas en el piso de tablas, y la luz se apagó. Los perros, entonces, sintieron más próximo el cambio de dueño, y solos al pie de la casa dormida, comenzaron a llorar. Lloraban en coro, volcando sus sollozos convulsivos y secos, como masticados, en un aullido de desolación, que la voz cazadora de *Prince* sostenía, mientras los otros tomaban el sollozo de nuevo. El cachorro solo podía ladrar. La noche avanzaba, y los cuatro perros de edad, agrupados a la luz de la luna, el hocico extendido e hinchado de lamentos —bien alimentados y acariciados por el dueño que iban a perder—, continuaban llorando a lo alto su doméstica miseria.

A la mañana siguiente míster Jones fue él mismo a buscar las mulas y las unció a la carpidora, trabajando hasta las nueve. No estaba satisfecho, sin embargo. Fuera de que la tierra no había sido nunca bien rastreada, las cuchillas no tenían filo, y con el paso rápido de las mulas, la carpidora saltaba. Volvió con ésta y afiló sus rejas; pero un tornillo en que ya al comprar la máquina había notado una falla, se rompió al armarla. Mandó un peón al obraje próximo, recomendándole cuidara del caballo, un buen animal, pero asoleado. Alzó la cabeza al sol fundente de mediodía, e insistió en que no galopara ni un momento. Almorzó en seguida y subió. Los perros, que en la mañana no habían dejado un segundo a su patrón, se quedaron en los corredores.

La siesta pesaba, agobiada de luz y silencio. Todo el contorno estaba brumoso por las quemazones. Alrededor del rancho la tierra blancuzca del patio, deslumbraba por el sol a plomo, parecía deformarse en trémulo hervor, que adormecía los ojos parpadeantes de los *fox-terriers*.

—No ha aparecido más —dijo *Milk*.

Old, al oír *aparecido*, levantó vivamente las orejas.

Incitado por la evocación el cachorro se puso en pie y ladró, buscando aquél. Al rato calló, entregándose con sus compañeros a su defensiva cacería de moscas.

—No vino más —agregó *Isondú*.

—Había una lagartija bajo el raigón —recordó por primera vez *Prince*.

Una gallina, el pico abierto y las alas apartadas del cuerpo, cruzó el patio incandescente con su pesado trote de calor. *Prince* la siguió perezosamente con la vista y saltó de golpe.

—¡Viene otra vez! —gritó.

Por el norte del patio avanzaba solo el caballo en que había ido el peón. Los perros se arquearon sobre las patas, ladrando con furia a la *Muerte*, que se acercaba. El caballo caminaba con la cabeza baja, aparentemente indeciso sobre el rumbo que debía seguir. Al pasar frente al rancho dio unos cuantos pasos en dirección al pozo, y se desvaneció progresivamente en la cruda luz.

Míster Jones bajó; no tenía sueño. Disponíase a proseguir el montaje de la carpidora, cuando vio llegar inesperadamente al peón a caballo. A pesar de su orden, tenía que haber galopado para volver a esa hora. Apenas libre y concluida su misión, el pobre caballo, en cuyos ijares era imposible contar los latidos, tembló agachando la cabeza, y cayó de costado. Míster Jones mandó al peón a la chacra, con el rebenque aún en la mano, para echarlo si continuaba oyendo sus jesuísticas disculpas.

Pero los perros estaban contentos. La Muerte, que buscaba a su patrón, se había conformado con el caballo. Sentíanse alegres, libres de preocupación, y en consecuencia disponíanse a ir a la chacra tras el peón, cuando oyeron a míster Jones que le gritaba pidiéndole el tornillo. No había tornillo: el almacén estaba cerrado, el encargado dormía, etc. Míster Jones, sin replicar, descolgó su casco y salió él mismo en busca del utensilio. Resistía el sol como un peón, y el paseo era maravilloso contra su mal humor.

Los perros salieron con él, pero se detuvieron a la sombra del primer algarrobo; hacía demasiado calor. Desde allí, firmes en las patas, el ceño contraído y atento, lo veían alejarse. Al fin el temor a la soledad pudo más, y con agobiado trote siguieron tras él.

Míster Jones obtuvo su tornillo y volvió. Para acortar distancia, desde luego, evitando la polvorienta curva del camino, marchó en línea recta a su chacra. Llegó al riacho y se internó en el pajonal, el diluviano pajonal del Saladito, que ha crecido, secado y retoñado desde que hay paja en el mundo, sin conocer fuego. Las matas, arqueadas en bóveda a la altura del pecho, se entrelazan en bloques macizos. La tarea de cruzarlo, sería ya en día fresco, era muy dura a esa hora. Míster Jones lo atravesó, sin embargo, braceando entre la paja restallante y polvorienta por el barro que dejaban las crecientes, ahogado de fatiga y acres vahos de nitrato.

Salió por fin y se detuvo en la linde; pero era imposible permanecer quieto bajo ese sol y ese cansancio. Marchó de nuevo. Al calor quemante que crecía sin cesar desde tres días atrás, agregábase ahora el sofocamiento del tiempo descompuesto. El cielo estaba blanco y no se sentía un soplo de viento. El aire faltaba, con angustia cardíaca, que no permitía concluir la respiración.

Míster Jones adquirió el convencimiento de que había traspasado su límite de resistencia. Desde hacía rato le golpeaba en los oídos el latido de las carótidas. Sentíase en el aire, como si de dentro de la cabeza le empujaran el cráneo hacia arriba. Se mareaba mirando el pasto. Apresuró la marcha para acabar con eso de una vez... Y de pronto volvió en sí y se halló en distinto paraje: había caminado media cuadra sin darse cuenta de nada. Miró atrás, y la cabeza se le fue en un nuevo vértigo.

Entretanto, los perros seguían tras él, trotando con toda la lengua afuera. A veces, asfixiados, deteníanse en la sombra de un espartillo; se sentaban, precipitando su jadeo, para volver en seguida al tormento del sol. Al fin, como la casa estaba ya próxima, apuraron el trote.

Fue en ese momento cuando *Old*, que iba adelante, vio tras el alambrado de la chacra a míster Jones, vestido de blanco, que caminaba hacia ellos. El cachorro, con súbito recuerdo, volvió la cabeza a su patrón, y confrontó.

—¡La *Muerte*, la *Muerte*! —aulló.

Los otros lo habían visto también, y ladraban erizados. Vieron que míster Jones atravesaba el alambrado, y por un instante creyeron que se iba a equivocar; pero al llegar a cien metros se detuvo, miró el grupo con sus ojos celestes, y marchó adelante.

—¡Que no camine ligero el patrón! —exclamó *Prince*.

—¡Va a tropezar con él! —aullaron todos.

En efecto, el otro, tras breve hesitación, había avanzado, pero no directamente sobre ellos como antes, sino en línea oblicua y en apariencia errónea, pero que debía llevarlo justo al encuentro de míster Jones. Los perros comprendieron que esta vez todo concluía, porque su patrón continuaba caminando a igual paso como un autómata, sin darse cuenta de nada. El otro llegaba ya. Los perros hundieron el rabo y corrieron de costado, aullando. Pasó un segundo, y el encuentro se produjo. Míster Jones se detuvo, giró sobre sí mismo y se desplomó.

Los peones, que lo vieron caer, lo llevaron a prisa al rancho, pero fue inútil toda el agua; murió sin volver en sí. Míster Moore, su hermano materno, fue allá desde Buenos Aires, estuvo una hora en la chacra, y en cuatro días liquidó todo, volviéndose en seguida al Sur. Los indios se repartieron los perros, que vivieron en adelante flacos y sarnosos, e iban todas las noches con hambriento sigilo a robar espigas de maíz en las chacras ajenas.

Tengo en el Salto Oriental dos primos, hoy hombres ya, que a sus doce años, y a consecuencia de profundas lecturas de Julio Verne, dieron en la rica empresa de abandonar su casa para ir a vivir al monte. Este queda a dos leguas de la ciudad. Allí vivirían primitivamente de la caza y la pesca. Cierto es que los dos muchachos no se habían acordado particularmente de llevar escopetas ni anzuelos; pero, de todos modos, el bosque estaba allí, con su libertad como fuente de dicha y sus peligros como encanto.

Desgraciadamente, al segundo día fueron hallados por quienes los buscaban. Estaban bastante atónitos todavía, no poco débiles, y con gran asombro de sus hermanos menores —iniciados también en Julio Verne— sabían andar aún en dos pies y recordaban el habla.

La aventura de los dos robinsones, sin embargo, fuera acaso más formal a haber tenido como teatro otro bosque menos dominguero. Las escapatorias llevan aquí en Misiones a límites imprevistos, y a ello arrastró a Gabriel Benincasa el orgullo de sus stromboot.

Benincasa, habiendo concluido sus estudios de contaduría pública, sintió fulminante deseo de conocer la vida de la selva. No fue arrastrado por su temperamento, pues antes bien Benincasa era un muchacho pacífico, gordinflón y de cara rosada, en razón de su excelente salud. En consecuencia, lo suficiente cuerdo para preferir un té con leche y pastelitos a quién sabe qué fortuita e infernal comida del bosque. Pero así como el soltero que fue siempre juicioso cree de su deber, la víspera de sus bodas, despedirse de la vida libre con una noche de orgía en componía de sus amigos, de igual modo Benincasa quiso honrar su vida aceitada con dos o tres choques de vida intensa. Y por este motivo remontaba el Paraná hasta un obraje, con sus famosos stromboot.

Apenas salido de Corrientes había calzado sus recias botas, pues los yacarés de la orilla calentaban ya el paisaje. Mas a pesar de ello el contador público cuidaba mucho de su calzado, evitándole arañazos y sucios contactos.

De este modo llegó al obraje de su padrino, y a la hora tuvo éste que contener el desenfado de su ahijado.

—¿Adónde vas ahora? —le había preguntado sorprendido.

—Al monte; quiero recorrerlo un poco —repuso Benincasa, que acababa de colgarse el winchester al hombro.

—¡Pero infeliz! No vas a poder dar un paso. Sigue la picada, si quieres... O mejor deja esa arma y mañana te haré acompañar por un peón.

Benincasa renunció a su paseo. No obstante, fue hasta la vera del bosque y se detuvo. Intentó vagamente un paso adentro, y quedó quieto. Metióse las manos en los bolsillos y miró detenidamente aquella inextricable maraña, silbando débilmente aires truncos. Después de observar de nuevo el bosque a uno y otro lado, retornó bastante desilusionado.

Al día siguiente, sin embargo, recorrió la picada central por espacio de una legua, y aunque su fusil volvió profundamente dormido, Benincasa no deploró el paseo. Las fieras llegarían poco a poco.

Llegaron éstas a la segunda noche —aunque de un carácter un poco singular.

Benincasa dormía profundamente, cuando fue despertado por su padrino.

—¡Eh, dormilón! Levántate que te van a comer vivo.

Benincasa se sentó bruscamente en la cama, alucinado por la luz de los tres faroles de viento que se movían de un lado a otro en la pieza. Su padrino y dos peones regaban el piso.

—¿Qué hay, qué hay? —preguntó echándose al suelo.

—Nada... Cuidado con los pies... La corrección.

Benincasa había sido ya enterado de las curiosas hormigas a que llamamos corrección. Son pequeñas, negras, brillantes y marchan velozmente en ríos más o menos anchos. Son esencialmente carnívoras. Avanzan devorando todo lo que encuentran a su paso: arañas, grillos, alacranes, sapos, víboras y a cuanto ser no puede resistirles. No hay animal, por grande y fuerte que sea, que no huya de ellas. Su entrada en una casa supone la exterminación absoluta de todo ser viviente, pues no hay rincón ni agujero profundo donde no se precipite el río devorador. Los perros aúllan, los bueyes mugen y es forzoso abandonarles la casa, a trueque de ser roídos en diez horas hasta el esqueleto. Permanecen en un lugar uno, dos, hasta cinco días, según su riqueza en insectos, carne o grasa. Una vez devorado todo, se van.

No resisten, sin embargo, a la creolina o droga similar; y como en el obraje abunda aquélla, antes de una hora el chalet quedó libre de la corrección.

Benincasa se observaba muy de cerca, en los pies, la placa lívida de una mordedura.

—¡Pican muy fuerte, realmente! —dijo sorprendido, levantando la cabeza hacia su padrino.

Este, para quien la observación no tenía ya ningún valor, no respondió, felicitándose, en cambio, de haber contenido a tiempo la invasión. Benincasa reanudó el sueño, aunque sobresaltado toda la noche por pesadillas tropicales.

Al día siguiente se fue al monte, esta vez con un machete, pues había concluido por comprender que tal utensilio le sería en el monte mucho más útil que el fusil. Cierto es que su pulso no era maravilloso, y su acierto, mucho menos. Pero de todos modos lograba trozar las ramas, azotarse la cara y cortarse las botas; todo en uno.

El monte crepuscular y silencioso lo cansó pronto. Dábale la impresión —exacta por lo demás— de un escenario visto de día. De la bullente vida tropical no hay a esa hora más que el teatro helado; ni un animal, ni un pájaro, ni un ruido casi. Benincasa volvía cuando un sordo zumbido le llamó la atención. A diez metros de él, en un tronco hueco, diminutas abejas aureolaban la entrada del agujero. Se acercó con cautela y vio en el fondo de la abertura diez o doce bolas oscuras, del tamaño de un huevo.

—Esto es miel —se dijo el contador público con íntima gula—. Deben de ser bolsitas de cera, llenas de miel...

Pero entre él —Benincasa— y las bolsitas estaban las abejas. Después de un momento de descanso, pensó en el fuego; levantaría una buena humareda. La suerte quiso que mientras el ladrón acercaba cautelosamente la hojarasca húmeda, cuatro o cinco abejas se posaran en su mano, sin picarlo. Benincasa cogió una en seguida, y oprimiéndole el abdomen, constató que no tenía aguijón. Su saliva, ya liviana, se clarifico en melífica abundancia. ¡Maravillosos y buenos animalitos!

En un instante el contador desprendió las bolsitas de cera, y alejándose un buen trecho para escapar al pegajoso contacto de las abejas, se sentó en un raigón. De las doce bolas, siete contenían polen. Pero las restantes estaban llenas de miel, una miel oscura, de sombría transparencia, que Benincasa paladeó golosamente. Sabía distintamente a algo. ¿A qué? El contador no pudo precisarlo. Acaso a resina de frutales o de eucaliptus. Y por igual motivo, tenía la densa miel un vago dejo áspero. ¡Mas qué perfume, en cambio!

Benincasa, una vez bien seguro de que cinco bolsitas le serían útiles, comenzó. Su idea era sencilla: tener suspendido el panal goteante sobre su boca. Pero como la miel era espesa, tuvo que agrandar el agujero, después de haber permanecido medio minuto con la boca inútilmente abierta. Entonces la miel asomó, adelgazándose en pesado hilo hasta la lengua del contador.

Uno tras otro, los cinco panales se vaciaron así dentro de la boca de Benincasa. Fue inútil que éste prolongara la suspensión, y mucho más que repasara los globos exhaustos; tuvo que resignarse.

Entre tanto, la sostenida posición de la cabeza en alto lo había mareado un poco. Pesado de miel, quieto y los ojos bien abiertos, Benincasa consideró de nuevo el monte crepuscular. Los árboles y el suelo tomaban posturas por demás oblicuas, y su cabeza acompañaba el vaivén del paisaje.

—Qué curioso mareo... —pensó el contador—. Y lo peor es...

Al levantarse e intentar dar un paso, se había visto obligado a caer de nuevo sobre el tronco. Sentía su cuerpo de plomo, sobre todo las piernas, como si estuvieran inmensamente hinchadas. Y los pies y las manes le hormigueaban.

—¡Es muy raro, muy raro, muy raro! —se repitió estúpidamente Benincasa, sin escudriñar, sin embargo, el motivo de esa rareza. Como si tuviera hormigas... La corrección —concluyó.

Y de pronto la respiración se le cortó en seco, de espanto.

—¡Debe ser la miel!... ¡Es venenosa!... ¡Estoy envenenado!

Y a un segundo esfuerzo para incorporarse, se le erizó el cabello de terror; no había podido ni aun moverse. Ahora la sensación de plomo y el hormigueo subían hasta la cintura. Durante un rato el horror de morir allí, miserablemente solo, lejos de su madre y sus amigos, le cohibió todo medio de defensa.

—¡Voy a morir ahora!... ¡De aquí a un rato voy a morir!... no puedo mover la mano!...

En su pánico constató, sin embargo, que no tenía fiebre ni ardor de garganta, y el corazón y pulmones conservaban su ritmo normal. Su angustia cambió de forma.

—¡Estoy paralítico, es la parálisis! ¡Y no me van a encontrar!...

Pero una visible somnolencia comenzaba a apoderarse de él, dejándole íntegras sus facultades, a lo por que el mareo se aceleraba. Creyó así notar que el suelo oscilante se volvía negro y se agitaba vertiginosamente. Otra vez subió a su memoria el recuerdo de la corrección, y en su pensamiento se fijó como una suprema angustia la posibilidad de que eso negro que invadía el suelo...

Tuvo aún fuerzas para arrancarse a ese último espanto, y de pronto lanzó un grito, un verdadero alarido, en que la voz del hombre recobra la tonalidad del niño aterrado: por sus piernas trepaba un precipitado río de hormigas negras. Alrededor de él la corrección devoradora oscurecía el suelo, y el contador sintió, por bajo del calzoncillo, el río de hormigas carnívoras que subían.

Su padrino halló por fin, dos días después, y sin la menor

partícula de carne, el esqueleto cubierto de ropa de Benincasa. La corrección que merodeaba aún por allí, y las bolsitas de cera, lo iluminaron suficientemente.

No es común que la miel silvestre tenga esas propiedades narcóticas o paralizantes, pero se la halla. Las flores con igual carácter abundan en el trópico, y ya el sabor de la miel denuncia en la mayoría de los casos su condición; tal el dejo a resina de eucaliptus que creyó sentir Benincasa.

Los Mensú

Cayetano Maldana y Esteban Podeley, peones de obraje, volvían a Posadas en el Sílex con quince compañeros. Podeley, labrador de madera, tornaba a los nueve meses, la contrata concluida y con pasaje gratis por lo tanto. Cayé —mensualero— llegaba en iguales condiciones, mas al año y medio, tiempo que había necesitado para cancelar su cuenta.

Flacos, despeinados, en calzoncillos, la camisa abierta en largos tajos, descalzos como la mayoría, sucios como todos ellos, los dos mensú devoraban con los ojos la capital del bosque, Jerusalén y Gólgota de sus vidas. ¡Nueve meses allá arriba! ¡Al año y medio!

Pero volvían por fin, y el hachazo aún doliente de la vida del obraje era apenas un roce de astilla ante el rotundo goce que olfateaban allí.

De cien peones, sólo dos llegan a Posadas con haber. Para esa gloria de una semana a que los arrastra el río aguas abajo, cuentan con el anticipo de una contrata. Como intermediario y coadyuvante espera en la playa un grupo de muchachas alegres de carácter y de profesión, ante las cuales los sedientos lanzan su ¡ahijú! de urgente locura.

Cayé y Podeley bajaron tambaleantes de orgía pregustada y rodeados de tres o cuatro amigas se hallaron en un momento ante la cantidad suficiente de caña para colmar el hambre de eso de un mensú.

Un instante después estaban borrachos y con nueva contrata firmada. ¿En qué trabajo? ¿En dónde? No lo sabían, ni les importaba tampoco. Sabían, sí, que tenían cuarenta pesos en el bolsillo y facultad para llegar a mucho más en gastos. Babeantes de descanso y de dicha alcohólica, dóciles y torpes siguieron ambos a las muchachas a vestirse. Las avisadas doncellas condujéronlos a una tienda con la que tenían relaciones especiales de un tanto por ciento, o tal vez al almacén de la misma casa contratista. Pero en una u otro las muchachas renovaron el lujo detonante de sus trapos, anidáronse la cabeza de peinetones, ahorcáronse de cintas robado con perfecta sangre fría al hidalgo alcohol de su compañero, pues lo único que el mensú realmente posee es un desprendimiento brutal de su dinero.

Por su parte, Cayé adquirió muchos más extractos y lociones y aceites de los necesarios para sahumar hasta la náusea su ropa nueva, mientras Podeley, más juicioso, optaba por un traje de paño. Posiblemente pagaron muy cara una cuenta entreoída y abonada con un montón de papeles tirados al mostrador. Pero de todos modos una hora después lanzaban a un coche descubierto sus flamantes personas, calzados de botas, poncho al hombro —y revólver 44 al cinto, desde luego—, repleta la ropa de cigarrillos que deshacían torpemente entre los dientes— y dejando caer de cada bolsillo la punta de un pañuelo de color. Acompañában los dos muchachas, orgullosas de esa opulencia, cuya magnitud se acusaba en la expresión un tanto hastiada de los mensú, arrastrando consigo mañana y tarde por las calles caldeadas una infección de tabaco negro y extracto de obraje.

La noche llegaba por fin y con ella la bailanta donde las mismas damiselas avisadas inducían a beber a los mensú, cuya realeza en dinero de anticipo les hacía lanzar 10 pesos por una botella de cerveza, para recibir en cambio 1.40 que guardaban sin ojear siquiera.

Así, tras constantes derroches de nuevos adelantos —necesidad irresistible de compensar con siete días de gran señor las miserias del obraje— los mensú volvieron a remontar el río en el Sílex. Cayé llevó compañera, y los tres borrachos como los demás peones, se instalaron en el puente, donde ya diez mulas se hacinaban en íntimo contacto con baúles, atados, perros, mujeres y hombres.

Al día siguiente, ya despejadas las cabezas, Podeley y Cayé examinaron sus libretas: era la primera vez que lo hacían desde la contrata. Cayé había recibido 120 pesos en efectivo y 35 en gasto, y Podeley 130 y 75, respectivamente.

Ambos se miraron con expresión que pudiera haber sido de espanto si un mensú no estuviera perfectamente curado de ese malestar. No recordaban haber gastado ni la quinta parte siquiera.

—¡Añá!... —murmuró Cayé—. No voy a cumplir nunca... Y desde ese momento tuvo sencillamente —como justo castigo de su despilfarro— la idea de escaparse de allá.

La legitimidad de su vida en Posadas era, sin embargo, tan evidente para él que sintió celos del mayor adelanto acordado a Podeley.

—Vos tenés suerte... —dijo—. Grande tu anticipo...

—Vos traés compañera —objetó Podeley—. Eso te cuesta para tu bolsillo...

Cayé miró a su mujer y, aunque la belleza y otras cualidades de orden más morales pesan muy poco en la elección de un mensú, quedó satisfecho. La muchacha deslumbraba, efectivamente, con su traje de raso, falda verde y blusa amarilla; luciendo en el cuello sucio un triple collar de perlas; zapatos Luis XV; las mejillas brutalmente pintadas y un desdeñoso cigarro de hoja bajo los párpados entornados.

Cayé consideró a la muchacha y su revólver 44; era realmente lo único que valía de cuanto llevaba con él. Y aun corría el riesgo de naufragar el 44 tras el anticipo, por minúscula que fuera su tentación de tallar.

A dos metros de él, sobre un baúl de punta, en efecto, los mensú jugaban concienzudamente al monte cuanto tenían. Cayé observó un rato riéndose, como se ríen siempre los peones cuando están juntos, sea cual fuere el motivo, y se aproximó al baúl colocando a una carta 5 cigarros.

Modesto principio, que podía llegar a proporcionarle el dinero suficiente para pagar el adelanto en el obraje y volverse en el mismo vapor a Posadas a derrochar su nuevo anticipo.

Perdió, perdió los demás cigarros, perdió cinco pesos, el poncho, el collar de su mujer, sus propias botas y su 44. Al día siguiente recuperó las botas, pero nada más, mientras la muchacha compensaba la desnudez de su pescuezo con incesantes cigarros despreciativos.

Podeley ganó; tras infinito cambio de dueño, el collar en cuestión y una caja de jabones de olor que halló modo que jugar contra un machete y media docena de medias, que ganó, quedando así satisfecho.

Habían llegado por fin. Los peones treparon la interminable cinta roja que escala la barranca, desde cuya cima el Sílex aparecía disminuido y hundido en el lúgubre río. Y con ahijús y terribles invectivas en guaraní (bien que alegres todos) despidieron al vapor, que debía ahogar en una baldeada de tres horas la nauseabunda atmósfera de desaseo, pachulí y mulas enfermas que durante cuatro días remontó con él.

Para Podeley, labrador de madera, cuyo diario podía subir a siete pesos, la vida del obraje no era dura. Hecho a ella, domaba su aspiración de estricta justicia en el cubicaje de la madera, compensando las rapiñas rutinarias con ciertos privilegios de buen peón. Su nueva etapa comenzó al día siguiente, una vez remarcada su zona de bosque. Construyó con hojas de palmera su cobertizo —techo y pared sur, nada más—; dio su nombre de cama a ocho varas horizontales, y de un horcón colgó la provista semanal. Recomenzó, automáticamente, sus días de obraje: silenciosos mates al levantarse, de noche aún, que se sucedían sin desprender la mano de la pava; la exploración en descubierta de madera, el desayuno a las ocho; harina, charque y grasa; el hacha luego, a busto descubierto, cuyo sudor arrastraba tábanos, barigüís y mosquitos; después, el almuerzo —esta vez porotos y maíz flotante en la inevitable grasa—, para concluir de noche, tras nueva lucha con las piezas de 8 por 30, con el yopará de mediodía.

Fuera de algún incidente con sus colegas labradores, que invadían su jurisdicción; del hastío de los días de lluvia, que lo relegaban en cuclillas frente a la pava, la tarea proseguía hasta el sábado de tarde. Lavaba entonces su ropa y el domingo iba al almacén a proveerse.

Era éste el real momento de solaz de los mensú, olvidándolo todo entre los anatemas de la lengua natal, sobrellevando con fatalismo indígena la suba siempre creciente de la provista, que alcanzaba entonces a cinco pesos por machete y ochenta centavos por kilo de galleta. El mismo fatalismo que aceptaba esto con un ¡añá! y una riente mirada a los demás compañeros, le dictaba, en elemental desagravio, el

56

deber de huir del obraje en cuanto pudiera. Y si esta ambición no estaba en todos los pechos, todos los peones comprendían esa mordedura de contrajusticia que iba, en caso de llegar, a clavar los dientes en la entraña misma del patrón. Éste, por su parte, llevaba la lucha a su extremo final vigilando día y noche a su gente, y en especial a los mensualeros.

Ocupábanse entonces los mensú en la planchada, tumbando piezas entre inacabable gritería, que subía de punto cuando las mulas, impotentes para contener la alzaprima que bajaba de la altísima barranca a toda velocidad, rodaban una sobre otra dando tumbos, vigas, animales, carretas, todo bien mezclado. Raramente se lastimaban las mulas; pero la algazara era la misma.

Cayé, entre risa y risa, meditaba siempre su fuga; harto ya de revirados y yoporás, que el pregusto de la huida tornaba más indigestos, deteníase aún por falta de revólver, y ciertamente, ante el winchester del capataz. ¡Pero si tuviera un 44!...

La fortuna llególe esta vez en forma bastante desviada.

La compañera de Cayé, que desprovista ya de su lujoso atavío se ganaba la vida lavando la ropa a los peones, cambió un día de domicilio. Cayé la esperó dos noches, y a la tercera fue al rancho de su reemplazante, donde propinó una soberbia paliza a la muchacha. Los dos mensú quedaron solos charlando, de resultas de lo cual convinieron en vivir juntos, a cuyo efecto el seductor se instaló con la pareja. Esto era económico y bastante juicioso. Pero como el mensú parecía gustar realmente de la dama —cosa rara en el gremio— Cayé ofreciósela en venta por un revólver con balas, que él mismo sacaría del almacén. No obstante esa sencillez, el trato estuvo apunto de romperse porque a última hora Cayé pidió que se agregara un metro de tabaco de cuerda, lo que pareció excesivo al mensú. Concluyóse por fin el mercado, y mientras el fresco matrimonio se instalaba en su rancho, Cayé cargaba concienzudamente su 44 para dirigirse a concluir la tarde lluviosa tomando mate con aquéllos.

El otoño finalizaba, y el cielo, fijo en sequía con chubascos de cinco minutos, se descomponía por fin en mal tiempo constante, cuya humedad hinchaba el hombro de los mensú. Podeley, libre de esto hasta entonces, sintiéndose un día con tal desgano al llegar a su viga que se detuvo, mirando a todas partes, sin saber qué hacer. No tenía ánimo para nada. Volvió a su cobertizo, y en el camino sintió un ligero cosquilleo en la espalda.

Sabía muy bien qué eran aquel desgano y aquel hormigueo a flor de piel. Sentóse filosóficamente a tomar mate, y media hora después un hondo y largo escalofrío recorrióle la espalda bajo la camisa.

No había nada que hacer. Se echó en la cama tiritando de frío, doblado en gatillo bajo el poncho, mientras los dientes, incontenibles, castañeteaban a más no poder.

Al día siguiente el acceso, no esperado hasta el crepúsculo, tornó a mediodía, y Podeley fue a la comisaría a pedir quinina. Tal claramente se denunciaba el chucho en el aspecto del mensú, que el dependiente bajó los paquetes sin mirar casi al enfermo, quien volcó tranquilamente sobre su lengua la terrible amargura aquella. Al volver al monte tropezó con el mayordomo.

—¡Vos también! —le dijo éste mirándolo—. Y van cuatro. Los otros no importa... poca cosa. Vos sos cumplidor... ¿Cómo está tu cuenta?

—Falta poco; pero no voy a poder trabajar...

—¡Bah! Curate bien y no es nada... Hasta mañana

—Hasta mañana —se alejó Podeley apresurando el paso,

porque en los talones acababa de sentir un leve cosquilleo.

El tercer ataque comenzó una hora después, quedando Podeley desplomado en una profunda falta de fuerza y la mirada fija y opaca, como si no pudiera alcanzar más allá de uno o dos metros.

El descanso absoluto a que se entregó por tres días —bálsamo específico para el mensú, por lo inesperado— no hizo sino convertirle en un bulto castañeante y arrebujado sobre un raigón. Podeley, cuya fiebre anterior había tenido honrado y periódico ritmo, no presagió nada bueno para el de esa galopada de accesos casi sin intermitencia. Hay fiebre y fiebre. Si la quinina no había cortado a ras el segundo ataque, era inútil que se quedara allá arriba a morir hecho un ovillo en cualquier recodo de picada. Y bajó de nuevo al almacén.

—¡Otra vez vos! —lo recibió el mayordomo—. Eso no anda bien... ¿No tomaste quinina—

—Tomé... No me hallo con esta fiebre... No puedo con mi hacha. Si querés darme para mi pasaje, te voy a cumplir en cuanto me sane...

El mayordomo contempló aquella ruina y no estimó en gran cosa la vida que quedaba en su peón.

—¿Cómo está tu cuenta— preguntó otra vez.

—Debo veinte pesos todavía... El sábado entregué... Me hallo enfermo grande...

—Sabés bien que mientras tu cuenta no esté pagada debés quedarte. Abajo podés morirte. Curate aquí y arreglás tu cuenta en seguida.

¿Curarse de una fiebre perniciosa allí donde se la adquirió? No, por cierto; pero el mensú que se va puede no volver, y el mayordomo prefería hombre muerto a deudor lejano.

Podeley jamás había dejado de cumplir nada, única altanería que se permite ante su patrón un mensú de talla.

—¡No me importa que hayas dejado o no de cumplir! —replicó el mayordomo—. ¡Pagá tu cuenta primero, y después hablaremos!

Esta injusticia para con él creó lógica y velozmente el deseo del desquite. Fue a instalarse con Cayé, cuyo espíritu conocía bien, y ambos decidieron escaparse el próximo domingo.

—¡Ahí tenés! —Gritóle el mayordomo esa misma tarde al cruzarse con Podeley—. Anoche se han escapado tres... ¿Esto es lo que te gusta, no? ¡Ésos también eran cumplidores! ¡Como vos! ¡Pero antes vas a reventar aquí que salir de la planchada! ¡Y mucho cuidado, vos y todos los que están oyendo! ¡Ya saben!

La decisión de huir y sus peligros —para los que el mensú necesita todas sus fuerzas— es capaz de contener algo más que una fiebre perniciosa. El domingo, por lo demás, había llegado; y con falsas maniobras de lavaje de ropa, simulados guitarreos en el rancho de tal o cual, la vigilancia pudo ser burlada y Podeley y Cayé se encontraron de pronto a mil metros de la comisaría.

Mientras no se sintieran perseguidos no abandonarían la picada; Podeley caminaba mal. Y aun así...

La resonancia peculiar del bosque trájoles, lejana, una voz ronca.

—¡A la cabeza! ¡A los dos!

Y un momento después surgían de un recodo de la picada el capataz y tres peones corriendo... La cacería comenzaba.

Cayé amartilló su revólver sin dejar de huir.

—¡Entregate, añá! —gritóles el capataz.

—Entremos en el monte —dijo Podeley—. Yo no tengo fuerza para mi machete.

—¡Volvé o te tiro! —llegó otra voz.

—Cuando estén más cerca... —comenzó Cayé. Una bala de winchester pasó silbando por la picada.

—¡Entrá! —gritó Cayé a su compañero. Y parapetándose tras un árbol, descargó hacia los perseguidores los cinco tiros de su revólver.

Una gritería aguda respondióles, mientras otra bala de winchester hacía saltar la corteza del árbol.

—¡Entregate o te voy a dejar la cabeza!...

—¡Andá no más! —instó Cayé a Podeley—. Yo voy a... Y tras nueva descarga entró en el monte.

Los perseguidores, detenidos un momento por las explosiones, lanzáronse rabiosos adelante, fusilando golpe tras golpe de winchester el derrotero probable de los fugitivos.

A cien metros de la picada, y paralelos a ella, Cayé y Podeley se alejaban, doblados hasta el suelo para evitar las lianas. Los perseguidores presumían esta maniobra; pero como dentro del monte el que ataca tiene cien probabilidades contra una de ser detenido por una bala en mitad de la frente, el capataz se contentaba con salvas de winchester y aullidos desafiantes. Por lo demás, los tiros errados hoy habían hecho lindo blanco la noche del jueves...

El peligro había pasado. Los fugitivos se sentaron rendidos. Podeley se envolvió en el poncho y recostado en la espalda de su compañero sufrió en dos terribles horas de chucho el contragolpe de aquel esfuerzo.

Luego prosiguieron la fuga, siempre a la vista de la picada, y cuando la noche llegó por fin acamparon. Cayé había llevado chipas y Podeley encendió fuego, no obstante los mil inconvenientes en un país donde, fuera de los pavones, hay otros seres que tienen debilidad por la luz, sin contar los hombres.

El sol estaba muy alto ya cuando a la mañana siguiente

encontraron el riacho, primera y ultima esperanza de los escapados. Cayé cortó doce tacuaras sin más prolija elección y Podeley, cuyas últimas fuerzas fueron dedicadas a cortar los isipós, tuvo apenas tiempo de hacerlo antes de arrollarse a tiritar.

Cayé, pues, construyó sólo la jangada diez tacuaras atadas longitudinalmente con lianas, llevando en cada extremo una atravesada.

A los diez segundos de concluida se embarcaron. Y la jangadilla arrastrada a la deriva, entró en el Paraná.

Las noches son en esa época excesivamente frescas, y los dos mensú, con los pies en el agua, pasaron la noche helados, uno junto al otro. La corriente del Paraná, que llegaba cargado de inmensas lluvias, retorcía la jangada en el borbollón de sus remolinos y aflojaba lentamente los nudos de isipó.

En todo el día siguiente comieron dos chipas, último resto de provisión, que Podeley probó apenas. Las tacuaras, taladradas por los tambús, se hundían, y al caer la tarde la jangada había descendido una cuarta del nivel del agua.

Sobre el río salvaje, encajonado en los lúgubres murallones del bosque, desierto del más remoto ¡Ay!, los dos hombres, sumergidos hasta la rodilla, derivaban girando sobre sí mismos, detenidos un momento inmóviles ante un remolino, siguiendo de nuevo, sosteniéndose apenas sobre las tacuaras casi sueltas que se escapaban de sus pies, en una noche de tinta que no alcanzaba a romper sus ojos desesperados.

El agua llegábales ya al pecho cuando tocaron tierra. ¿Dónde? No lo sabían... Un pajonal. Pero en la misma orilla quedaron inmóviles, tendidos de vientre.

Ya deslumbraba el sol cuando despertaron. El pajonal se extendía veinte metros tierra adentro, sirviendo de litoral a río y bosque. A media cuadra al Sur, el riacho Paranaí, que decidieron vadear cuando hubiera recuperado las fuerzas. Pero éstas no volvían tan rápidamente como era de desear, dado que los cogollos y gusanos de tacuara son tardos fortificantes. Y durante veinte horas, la lluvia cerrada transformó al Paraná en aceite blanco y al Paranaí en furiosa avenida. Todo imposible. Podeley se incorporó de pronto chorreando agua, apoyándose en el revólver para levantarse y apuntó a Cayé. Volaba de fiebre.

—¡Pasá, añá!...

Cayé vio que poco podía esperar de aquel delirio, y se inclinó disimuladamente para alcanzar a su compañero de un palo. Pero el otro insistió:

—¡Andá al agua! ¡Vos me trajiste! ¡Bandeá el río!

Los dedos lívidos temblaban sobre el gatillo.

Cayé obedeció, dejóse llevar por la corriente y desapareció tras el pajonal, al que pudo abordar con terrible esfuerzo.

Desde allá y de atrás, acechó a su compañero; pero Podeley yacía de nuevo de costado, con las rodillas recogidas hasta el pecho, bajo la lluvia incesante. Al aproximarse Cayé alzó la cabeza, y sin abrir casi los ojos, cegados por el agua murmuró:

—Cayé... caray... Frío muy grande...

Llovió aún toda la noche sobre el moribundo la lluvia blanca y sorda de los diluvios otoñales, hasta que a la madrugada Podeley quedó inmóvil para siempre en su tumba de agua.

Y en el mismo pajonal, sitiado siete días por el bosque, el río y la lluvia, el superviviente agotó las raíces y gusanos posibles, perdió poco a poco sus fuerzas, hasta quedar sentado, muriéndose de frío y hambre, con los ojos fijos en el Paraná.

El Sílex, que pasó por allí al atardecer, recogió al mensú

ya casi moribundo. Su felicidad transformóse en terror al darse cuenta al día siguiente de que el vapor remontaba el río.

—¡Por favor te pido! —lloriqueó ante el capitán—. ¡No me bajen en Puerto X! ¡Me van a matar!... ¡Te lo pido de veras!...

El Sílex volvió a Posadas, llevando con él al mensú, empapado aún.

Pero a los diez minutos de bajar a tierra estaba ya borracho con nueva contrata y se encaminaba tambaleando a comprar extractos.

El espectro

Todas las noches, en el Grand Splendid de Santa Fe, Enid y yo asistimos a los estrenos cinematográficos. Ni borrascas ni noches de hielo nos han impedido introducirnos, a las diez en punto, en la tibia penumbra del teatro. Allí, desde uno u otro palco, seguimos las historias del film con un mutismo y un interés tales, que podrían llamar sobre nosotros la atención, de ser otras las circunstancias en que actuamos.

Desde uno u otro palco, he dicho; pues su ubicación nos es indiferente. Y aunque la misma localidad llegue a faltarnos alguna noche, por estar el Splendid en pleno, nos instalamos, mudos y atentos siempre a la representación, en un palco cualquiera ya ocupado.

No estorbamos, creo; o, por lo menos, de un modo sensible. Desde el fondo del palco, o entre la chica del antepecho y el novio adherido a su nuca, Enid y yo, aparte del mundo que nos rodea, somos todos ojos hacia la pantalla. Y si en verdad alguno, con escalofrío de inquietud cuyo origen no alcanza a comprender, vuelve a veces la cabeza para ver lo que no puede, o siente un soplo helado que no se explica en la cálida atmósfera, nuestra presencia de intrusos no es nunca notada; pues preciso es advertir ahora que Enid y yo estamos muertos. De todas las mujeres que conocí en el mundo vivo, ninguna produjo en mí el efecto que Enid. La impresión fue tan fuerte que la imagen y el recuerdo mismo de todas las demás mujeres se borró. En mi alma se hizo de noche, donde se alzó un solo astro imperecedero: Enid. La sola posibilidad de que sus ojos llegaran a mirarme sin indiferencia, deteníame bruscamente el corazón. Y ante la idea de que alguna vez podía ser mía, la mandíbula me temblaba ¡Enid!

Tenía ella entonces, cuando vivíamos en el mundo, la más divina belleza que la epopeya del cine ha lanzado a miles de leguas y expuesto a la mirada fija de los hombres. Sus ojos, sobre todo, fueron únicos; y jamás terciopelo de mirada tuvo un marco de pestañas como los ojos de Enid; terciopelo azul, húmedo y reposado, como la felicidad que sollozaba en ellos.

La desdicha me puso ante ella cuando ya estaba casada.

No es ahora del caso ocultar nombres. Todos recuerdan a Duncan Wyoming, el extraordinario actor que, comenzando su carrera al mismo tiempo que William Hart, tuvo, como éste y a la par de éste, las mismas hondas virtudes de interpretación viril. Hart ha dado ya al cine todo lo que podíamos esperar de él, y es un astro que cae. De Wyoming, en cambio, no sabemos lo que podíamos haber visto, cuando apenas en el comienzo de su breve y fantástica carrera creó —como contraste con el empalagoso héroe actual— el tipo del varón rudo, áspero, feo, negligente y cuanto se quiera, pero hombre de la cabeza a los pies, por la sobriedad, el empuje y el carácter distintivos del sexo. Hart prosiguió actuando, y ya lo hemos visto. Wyoming nos fue arrebatado en la flor de la edad, en instantes en que daba fin a dos cintas extraordinarias, según informes de la empresa: El páramo y Más allá de lo que se ve.

Pero el encanto —la absorción de todos los sentimientos de un hombre— que ejerció sobre mí Enid, no tuvo sino una amargura como igual: Wyoming, que era su marido, era también mi mejor amigo. Habíamos pasado dos años sin vernos con Duncan; él, ocupado en sus trabajos de cine, y yo en los míos de literatura. Cuando volví a hallarlo en Hollywood, ya estaba casado.

—Aquí tienes a mi mujer—me dijo echándomela en los brazos.

Y a ella:

—Apriétalo bien, porque no tendrás un amigo como Grant. Y bésalo, si quieres.

No me besó, pero al contacto con su melena en mi cuello, sentí en el escalofrío de todos mis nervios que jamás podría yo ser un hermano para aquella mujer.

Vivimos dos meses juntos en el Canadá, y no es difícil comprender mi estado de alma respecto de Enid. Pero ni en una palabra, ni en un movimiento, ni un gesto me vendí ante Wyoming. Sólo ella leía en mi mirada, por tranquila que fuera, cuán profundamente la deseaba. Amor, deseo... Una y otra cosa eran en mí gemelas, agudas y mezcladas; porque si la deseaba con todas las fuerzas de mi alma incorpórea, la adoraba con todo el torrente de mi sangre substancial.

Duncan no lo veía. ¿Cómo podía verlo?

A la entrada del invierno regresamos a Hollywood, y Wyoming cayó entonces con el ataque de gripe que debía costarle la vida. Dejaba a su viuda con fortuna y sin hijos.

Pero no estaba tranquilo, por la soledad en que quedaba su mujer.

—No es la situación económica —me decía—, sino el desamparo moral. Y en este infierno del cine...

En el momento de morir, bajándonos a su mujer y a mí hasta la almohada, y con voz ya difícil:

—Confíate a Grant, Enid... Mientras lo tengas a él, no temas nada. Y tú, viejo amigo, vela por ella. Sé su hermano... No, no prometas... Ahora puedo ya pasar al otro lado...

Nada de nuevo en el dolor de Enid y el mío. A los siete días regresábamos al Canadá, a la misma choza estival que un mes antes nos había visto a los tres cenar ante la carpa. Como entonces, Enid miraba ahora el fuego, achuchada por el sereno glacial, mientras yo, de pie, la contemplaba. Y Duncan no estaba más.

Debo decirlo: en la muerte de Wyoming yo no vi sino la liberación de la terrible águila enjaulada en nuestro corazón, que es el deseo de una mujer a nuestro lado que no se puede tocar. Yo había sido el mejor amigo de Wyoming, y mientras él vivió el águila no deseó su sangre; se alimentó —la alimenté— con la mía propia. Pero entre él y yo se había levantado algo más consistente que una sombra. Su mujer fue, mientras él vivió —y lo hubiera sido eternamente—, intangible para mí. Pero él había muerto. No podía Wyoming exigirme el sacrificio de la Vida en que él acababa de fracasar. Y Enid era mi vida, mi porvenir, mi aliento y mi ansia de vivir, que nadie, ni Duncan —mi amigo íntimo, pero muerto—, podía negarme. Vela por ella... ¡Sí, mas dándole lo que él le había restado al perder su turno: la adoración de una vida entera consagrada a ella!

Durante dos meses, a su lado de día y de noche, velé por ella como un hermano. Pero al tercero caí a sus pies. Enid me miró inmóvil, y seguramente subieron a su memoria los últimos instantes de Wyoming, porque me rechazó violentamente. Pero yo no quité la cabeza de su falda.

—Te amo, Enid —le dije—. Sin ti me muero...

—¡Tú, Guillermo! —murmuró ella—. ¡Es horrible oírte decir esto!

—Todo lo que quieras —repliqué—. Pero te amo inmensamente.

—¡Cállate, cállate!

—Y te he amado siempre... Ya lo sabes.

—¡No, no sé!

—Sí, lo sabes.

Enid me apartaba siempre, y yo resistía con la cabeza entre sus rodillas.

—Dime que lo sabías...

—¡No, cállate! Estamos profanando...

—Dime que lo sabías...

—¡Guillermo!

—Dime solamente que sabías que siempre te he querido...

Sus brazos se rindieron cansados, y yo levanté la cabeza. Encontré sus ojos un instante, un solo instante, antes que Enid se doblegara a llorar sobre sus propias rodillas.

La dejé sola; y cuando una hora después volví a entrar, blanco de nieve, nadie hubiera sospechado, al ver nuestro simulado y tranquilo afecto de todos los días, que acabábamos de tender, hasta hacerlas sangrar, las cuerdas de nuestros corazones. Porque en la alianza de Enid y Wyoming no había habido nunca amor. Faltóle siempre una llamada de insensatez, extravío, injusticia —la llama de pasión que quema la moral entera de un hombre y abrasa a la mujer en largos sollozos de fuego—. Enid había querido a su esposo, nada más; y lo había querido, nada más que querido ante mí, que era la cálida sombra de su corazón, donde ardía lo que no le llegaba de Wyoming, y donde ella sabía iba a refugiarse todo lo que de ella no alcanzaba hasta él.

La muerte, luego, dejando un hueco que yo debía llenar con el afecto de un hermano... ¡De hermano, a ella, Enid, que era mi sola sed de dicha en el inmenso mundo!

A los tres días de la escena que acabo de relatar regresamos a Hollywood. Y un mes más tarde se repetía exactamente la situación: yo de nuevo a los pies de Enid con la cabeza en sus rodillas, y ella queriendo evitarlo.

—Te amo cada día más, Enid...

—¡Guillermo!

—Dime que algún día me querrás.

—¡No!

—Dime solamente que estás convencida de cuánto te amo.

—¡No!

—Dímelo.

—¡Déjame! ¿No ves que me estás haciendo sufrir de un modo horrible?

Y al sentirme temblar mudo sobre el altar de sus rodillas, bruscamente me levantó la cara entre las manos:

—¡Pero déjame, te digo! ¡Déjame! ¿No ves que también te quiero con toda el alma y que estamos cometiendo un crimen?

Cuatro meses justos, ciento veinte días transcurridos apenas desde la muerte del hombre que ella amó, del amigo que me había interpuesto como un velo protector entre su mujer y un nuevo amor... Abrevio. Tan hondo y compenetrado fue el nuestro, que aun hoy me pregunto con asombro qué finalidad absurda pudieron haber tenido nuestras vidas de no habernos encontrado por bajo de los brazos de Wyoming.

Una noche —estábamos en Nueva York— me enteré de que se pasaba por fin «El Páramo», una de las dos cintas de que he hablado, y cuyo estreno se esperaba con ansiedad. Yo también tenía el más vivo interés de verla, y se lo propuse a Enid. ¿Por qué no? Un largo rato nos miramos; una eternidad de silencio, durante el cual el recuerdo galopó hacia atrás entre derrumbamiento de nieve y caras agónicas. Pero la mirada de Enid era la vida misma, y presto entre el terciopelo húmedo de sus ojos y los míos no medió sino la dicha convulsiva de adorarnos. ¡Y nada más!

Fuimos al Metropole, y desde la penumbra rojiza del palco vimos aparecer, enorme y con el rostro más blanco que a la hora de morir, a Duncan Wyoming. Sentí temblar bajo mi mano el brazo de Enid.

¡Duncan!

Sus mismos gestos eran aquéllos. Su misma sonrisa confiada era la de sus labios. Era su misma enérgica figura la que se deslizaba adherida a la pantalla. Y a veinte metros de él, era su misma mujer la que estaba bajo los dedos del amigo íntimo...

Mientras la sala estuvo a oscuras, ni Enid ni yo pronunciamos una palabra ni dejamos un instante de mirar. Y mudos siempre, volvimos a casa. Pero allí Enid me tomó la cara entre las manos. Largas lágrimas rodaban por sus mejillas, y me sonreía. Me sonreía sin tratar de ocultarme sus lágrimas.

—Sí, comprendo, amor mío... —murmuré, con los labios sobre un extremo de sus pieles, que, siendo un oscuro detalle de su traje, era asimismo toda su persona idolatrada—. Comprendo, pero no nos rindamos... ¿Sí?... Así olvidaremos...

Por toda respuesta, Enid, sonriéndome siempre, se recogió muda en mi cuello.

A la noche siguiente volvimos. ¿Qué debíamos olvidar? La presencia del otro, vibrante en el haz de luz que lo transportaba a la pantalla palpitante de vida; su inconsciencia de la situación; su confianza en la mujer y el amigo; esto era precisamente a lo que debíamos acostumbrarnos. Una y otra noche, siempre atentos a los personajes, asistimos al éxito creciente de El Páramo.

La actuación de Wyoming era sobresaliente y se desarrollaba en un drama de brutal energía: una pequeña parte en los bosques del Canadá y el resto en la misma Nueva York. La situación central constituíala una escena en que Wyoming, herido en la lucha con un hombre, tiene bruscamente la revelación del amor de su mujer a ese hombre, a quien él acaba de matar por motivos apartes de este amor. Wyoming acababa de atarse un pañuelo a la frente. Y tendido en el diván, jadeando aún de fatiga, asistía a la desesperación de su mujer sobre el cadáver del amante.

Pocas veces la revelación del derrumbe, la desolación y el odio han subido al rostro humano con más violenta claridad que en esa circunstancia a los ojos de Wyoming.

La dirección del film había exprimido hasta la tortura aquel prodigio de expresión, y la escena se sostenía un infinito número de segundos, cuando uno solo bastaba para mostrar al rojo blanco la crisis de un corazón en aquel estado.

Enid y yo, juntos e inmóviles en la oscuridad, admirábamos como nadie al muerto amigo, cuyas pestañas nos tocaban casi cuando Wyoming venía desde el fondo a llenar él solo la pantalla. Y al alejarse de nuevo a la escena del conjunto, la sala entera parecía estirarse en perspectiva. Y Enid y yo, con un ligero vértigo por este juego, sentíamos aún el roce de los cabellos de Duncan que habían llegado a rozarnos. ¿Por qué continuábamos yendo al Metropole? ¿Qué desviación de nuestras conciencias nos llevaba allá noche a noche a empapar en sangre nuestro amor inmaculado? ¿Qué presagio nos arrastraba como a sonámbulos ante una acusación alucinante que no se dirigía a nosotros, puesto que los ojos de Wyoming estaban vueltos a otro lado? ¿A dónde miraban? No sé a dónde, a un palco cualquiera de nuestra izquierda. Pero una noche noté, lo sentí en la raíz de los cabellos, que los ojos se estaban volviendo hacia nosotros. Enid debió de notarlo también, porque sentí bajo mi mano la honda sacudida de sus hombros. Hay leyes naturales, principios físicos que nos enseñan cuán fría magia es esa de los espectros fotográficos danzando en la pantalla, remedando hasta en los más íntimos detalles una vida que se perdió. Esa alucinación en blanco y negro es sólo la persistencia helada de un instante, el relieve inmutable de un segundo vital. Más fácil nos sería ver a nuestro lado a un muerto que deja la tumba para acompañarnos que percibir el más leve cambio en el rastro lívido de un film.

Perfectamente. Pero a despecho de las leyes y los principios, Wyoming nos estaba viendo. Si para la sala El páramo era una ficción novelesca, y Wyoming vivía sólo por una ironía de la luz; si no era más que un frente eléctrico de lámina sin costados ni fondo, para nosotros —Wyoming, Enid y yo— la escena filmada vivía flagrante, pero no en la pantalla, sino en un palco, donde nuestro amor sin culpa se transformaba en monstruosa infidelidad ante el marido vivo... ¿Farsa de actor? ¿Odio fingido por Duncan ante aquel cuadro de El páramo? ¡No! Allí estaba la brutal revelación; la tierna esposa y el amigo íntimo en la sala de espectáculos, riéndose, con las cabezas juntas, de la confianza depositada en ellos... Pero no nos reíamos, porque noche a noche, palco tras palco, la mirada se iba volviendo cada vez más a nosotros.

—¡Falta un poco aún!... —me decía yo.

—Mañana será... —pensaba Enid.

Mientras el Metropole ardía de luz, el mundo real de las leyes físicas se apoderaba de nosotros y respirábamos profundamente. Pero en la brusca cesación de la luz, que como un golpe sentíamos dolorosamente en los nervios, el drama espectral nos cogía otra vez.

A mil leguas de Nueva York, encajonado bajo tierra, estaba tendido sin ojos Duncan Wyoming. Mas su sorpresa ante el frenético olvido de Enid, su ira y su venganza estaban vivas allí, encendiendo el rastro químico de Wyoming, moviéndose en sus ojos vivos, que acababan, por fin, de fijarse en los nuestros.

Enid ahogó un grito y se abrazó desesperada a mí.

—¡Guillermo!

—Cállate, por favor...

—¡Es que ahora acaba de bajar una pierna del diván!

Sentí que la piel de la espalda se me erizaba, y miré: Con lentitud de fiera y los ojos clavados en nosotros, Wyoming se incorporaba del diván. Enid y yo lo vimos levantarse, avanzar hacia nosotros desde el fondo de la escena, llegar al monstruoso primer plano... Un fulgor deslumbrante nos cegó, a tiempo que Enid lanzaba un grito.

La cinta acababa de quemarse.

Mas en la sala iluminada las cabezas todas estaban vueltas a nosotros. Algunos se incorporaron en el asiento a ver lo que pasaba.

—La señora está enferma; parece una muerta —dijo alguno en la platea.

—Más muerto parece él —agregó otro.

El acomodador nos tendía ya los abrigos y salimos. ¿Qué más? Nada, sino que en todo el día siguiente Enid y

74

yo no nos vimos. Únicamente al mirarnos por primera vez de noche para dirigirnos al Metropole, Enid tenía ya en sus pupilas profundas la tiniebla del más allá, y yo tenía un revólver en el bolsillo.

No sé si alguno de la sala reconoció en nosotros a los enfermos de la noche anterior. La luz se apagó, se encendió y tornó a apagarse, sin que lograra reposarse una sola idea normal en el cerebro de Guillermo Grant, y sin que los dedos crispados de este hombre abandonaran un instante el gatillo.

Yo fui toda la vida dueño de mí. Lo fui hasta la noche anterior, cuando contra toda justicia un frío espectro que desempeñaba su función fotográfica de todos los días crió dedos estranguladores para dirigirse a un palco a terminar el film.

Como en la noche anterior, nadie notaba en la pantalla algo anormal, y es evidente que Wyoming continuaba jadeante adherido al diván. Pero Enid —¡Enid entre mis brazos!— tenía la cara vuelta a la luz, pronta para gritar... ¡Cuando Wyoming se incorporó por fin!

Yo lo vi adelantarse, crecer, llegar al borde mismo de la pantalla, sin apartar la mirada de la mía. Lo vi desprenderse, venir hacia nosotros en el haz de luz; venir en el aire por sobre las cabezas de la platea, alzándose, llegar hasta nosotros con la cabeza vendada. Lo vi extender las zarpas de sus dedos... a tiempo que Enid lanzaba un horrible alarido, de esos en que con una cuerda vocal se ha rasgado la razón entera, e hice fuego.

No puedo decir qué pasó en el primer instante. Pero en pos de los primeros momentos de confusión y de humo, me vi con el cuerpo colgado fuera del antepecho, muerto.

Desde el instante en que Wyoming se había incorporado en el diván, dirigí el cañón del revólver a su cabeza. Lo recuerdo con toda nitidez. Y era yo quien había recibido la bala en la sien. Estoy completamente seguro de que quise dirigir el arma contra Duncan. Solamente que, creyendo apuntar al asesino, en realidad apuntaba contra mí mismo. Fue un error, una simple equivocación, nada más; pero que me costó la vida.

Tres días después Enid quedaba a su vez desalojada de este mundo. Y aquí concluye nuestro idilio. Pero no ha concluido aún. No son suficientes un tiro y un espectro para desvanecer un amor como el nuestro. Más allá de la muerte, de la vida y sus rencores, Enid y yo nos hemos encontrado. Invisibles dentro del mundo vivo, Enid y yo estamos siempre juntos, esperando el anuncio de otro estreno cinematográfico. Hemos recorrido el mundo. Todo es posible esperar menos que el más leve incidente de un film pase inadvertido a nuestros ojos. No hemos vuelto a ver más El Páramo. La actuación de Wyoming en él no puede ya depararnos sorpresas, fuera de las que tan dolorosamente pagamos.

Ahora nuestra esperanza está puesta en más allá de lo que se ve. Desde hace siete años la empresa filmadora anuncia su estreno, y hace siete años que Enid y yo esperamos. Duncan es su protagonista; pero no estaremos más en el palco, por lo menos en las condiciones en que fuimos vencidos. En las presentes circunstancias, Duncan puede cometer un error que nos permita entrar de nuevo en el mundo visible, del mismo modo que nuestras personas vivas, hace siete años, le permitieron animar la helada lámina de su film.

Enid y yo ocupamos ahora, en la niebla invisible de lo incorpóreo, el sitio privilegiado de acecho que fue toda la fuerza de Wyoming en el drama anterior. Si sus celos persisten todavía, si se equivoca al vernos y hace en la tumba el menor movimiento hacia afuera, nosotros nos aprovecharemos. La cortina que separa la vida de la muerte no se ha descorrido únicamente en su favor, y el camino está entreabierto.

Entre la Nada que ha disuelto lo que fue Wyoming, y su eléctrica resurrección, queda un espacio vacío. Al más leve movimiento que efectúe el actor, apenas se desprenda de la pantalla, Enid y yo nos deslizaremos como por una fisura en el tenebroso corredor. Pero no seguiremos el camino hacia el sepulcro de Wyoming; iremos hacia la Vida, entraremos en ella de nuevo. Y es el mundo cálido de que estamos expulsados, el amor tangible y vibrante en cada sentido humano, lo que nos espera entones a Enid y a mí.

Dentro de un mes o de un año, ello llegará. Sólo nos inquieta la posibilidad de que Más allá de lo que se ve se estrene bajo otro nombre, como es costumbre en esta ciudad. Para evitarlo, no perdemos un estreno. Noche a noche entramos a las diez en punto en el Grand Splendid, donde nos instalamos en un palco vacío o ya ocupado, indiferentemente.

La mancha hiptálmica

—¿Qué tiene esa pared? Levanté también la vista y miré. No había nada. La pared estaba lisa, fría y totalmente blanca. Sólo arriba, cerca del techo, estaba oscurecida por falta de luz.

Otro a su vez alzó los ojos y los mantuvo un momento inmóviles y bien abiertos, como cuando se desea decir algo que no se acierta a expresar.

—¿P... pared? —formuló al rato.

Esto sí; torpeza y sonambulismo de las ideas, cuánto es posible.

—No es nada —contesté—. Es la mancha hiptálmica.

—¿Mancha?

—... hiptálmica. La mancha hiptálmica. Éste es mi dormitorio. Mi mujer dormía de aquel lado... ¡Qué dolor de cabeza!... Bueno. Estábamos casados desde hacía siete meses y anteayer murió. ¿No es esto?... Es la mancha hiptálmica. Una noche mi mujer se despertó sobresaltada.

—¿Qué dices? —le pregunté inquieto.

—¡Qué sueño más raro! —me respondió, angustiada aún.

—¿Qué era?

—No sé, tampoco... Sé que era un drama; un asunto de drama... Una cosa oscura y honda... ¡Qué lástima!

—¡Trata de acordarte, por Dios! —la insté, vivamente interesado. Ustedes me conocen como hombre de teatro...

Mi mujer hizo un esfuerzo.

—No puedo... No me acuerdo más que del título: La mancha tele... hita... ¡hiptálmica! Y la cara atada con un pañuelo blanco.

—¿Qué? ...

—Un pañuelo blanco en la cara... La mancha hiptálmica.

—¡Raro! —murmuré, sin detenerme un segundo más a pensar en aquello.

Pero días después mi mujer salió una mañana del dormitorio con la cara atada. Apenas la vi, recordé bruscamente y vi en sus ojos que ella también se había acordado. Ambos soltamos la carcajada.

—¡Si... sí! —se reía—. En cuanto me puse el pañuelo, me acordé...

—¿Un diente?...

—No sé; creo que sí...

Durante el día bromeamos aún con aquello, y de noche mientras mi mujer se desnudaba, le grité de pronto desde el comedor:

—A que no...

—¡Sí! ¡La mancha hiptálmica! —me contestó riendo. Me eché a reír a mi vez, y durante quince días vivimos en plena locura de amor.

Después de este lapso de aturdimiento sobrevino un período de amorosa inquietud, el sordo y mutuo acecho de un disgusto que no llegaba y que se ahogó por fin en explosiones de radiante y furioso amor.

Una tarde, tres o cuatro horas después de almorzar, mi mujer, no encontrándome, entró en su cuarto y quedó sorprendida al ver los postigos cerrados. Me vio en la cama, extendido como un muerto.

—¡Federico! —gritó corriendo a mí.

No contesté una palabra, ni me moví. ¡Y era ella, mi mujer! ¿Entienden ustedes?

—¡Déjame! —me desasí con rabia, volviéndome a la pared.

Durante un rato no oí nada. Después, sí: los sollozos de mi mujer, el pañuelo hundido hasta la mitad en la boca.

Esa noche cenamos en silencio. No nos dijimos una palabra, hasta que a las diez mi mujer me sorprendió en cuclillas delante del ropero, doblando con extremo cuidado, y pliegue por pliegue, un pañuelo blanco.

—¡Pero desgraciado! —exclamó desesperada, alzándome la cabeza—. ¡Qué haces!

¡Era ella, mi mujer! Le devolví el abrazo, en plena e íntima boca.

—¿Qué hacía? —le respondí—. Buscaba una explicación justa a lo que nos está pasando.

—Federico... amor mío... —murmuró.

Y la ola de locura nos envolvió de nuevo.

Desde el comedor oí que ella —aquí mismo— se desvestía. Y aullé con amor:

—¿A que no?...

—¡Hiptálmica, hiptálmica! —respondió riendo y desnudándose a toda prisa.

Cuando entré, me sorprendió el silencio considerable de este dormitorio. Me acerqué sin hacer ruido y miré. Mi mujer estaba acostada, el rostro completamente hinchado y blanco. Tenía atada la cara con un pañuelo.

Corrí suavemente la colcha sobre la sábana, me acosté en el borde de la cama, y crucé las manos bajo la nuca.

No había aquí ni un crujido de ropa ni una trepidación

lejana. Nada. La llama de la vela ascendía como aspirada por el inmenso silencio.

Pasaron horas y horas. Las paredes, blancas y frías, se oscurecían progresivamente hacia el techo... ¿Qué es eso? No sé...

Y alcé de nuevo los ojos. Los otros hicieron lo mismo y los mantuvieron en la pared por dos o tres siglos. Al fin los sentí pesadamente fijos en mí.

—¿Usted nunca ha estado en el manicomio? —me dijo uno.

—No que yo sepa... —respondí.

—¿Y en presidio?

—Tampoco, hasta ahora...

—Pues tenga cuidado, porque va a concluir en uno u otro.

—Es posible... perfectamente posible... —repuse procurando dominar mi confusión de ideas.

Salieron.

Estoy seguro de que han ido a denunciarme, y acabo de tenderme en el diván: como el dolor de cabeza continúa, me he atado la cara con un pañuelo blanco.

Más allá

Yo estaba desesperada —dijo la voz—. Mis padres se oponían rotundamente a que tuviera amores con él, y habían llegado a ser muy crueles conmigo. Los últimos días no me dejaban ni asomarme a la puerta. Antes, lo veía siquiera un instante parado en la esquina, aguardándome desde la mañana. ¡Después, ni siquiera eso!

Yo le había dicho a mamá la semana antes:

—¿Pero qué le hallan tú y papá, por Dios, para torturarnos así? ¿Tienen algo que decir de él? ¿Por qué se han opuesto ustedes, como si fuera indigno de pisar esta casa, a que me visite?

Mamá, sin responderme, me hizo salir. Papá, que entraba en ese momento, me detuvo del brazo, y enterado por mamá de lo que yo había dicho, me empujó del hombro afuera, lanzándome de atrás:

—Tu madre se equivoca; lo que ha querido decir es que ella y yo —¿lo oyes bien?— preferimos verte muerta antes que en los brazos de ese hombre. Y ni una palabra más sobre esto.

Esto dijo papá.

—Muy bien —le respondí volviéndome, más pálida, creo, que el mantel mismo—: nunca más les volveré a hablar de él.

Y entré en mi cuarto despacio y profundamente asombrada de sentirme caminar y de ver lo que veía, porque en ese instante había decidido morir.

¡Morir! ¡Descansar en la muerte de ese infierno de todos los días, sabiendo que él estaba a dos pasos esperando verme y sufriendo más que yo! Porque papá jamás consentiría en que me casara con Luis.

¿Qué le hallaba? me pregunto todavía. ¿Que era pobre? Nosotros lo éramos tanto como él.

¡Oh! La terquedad de papá yo la conocía, como la había conocido mamá. —Muerta mil veces—, decía él, antes que darla a ese hombre.

Pero él, papá, ¿qué me daba en cambio, si no era la desgracia de amar con todo mi ser sabiéndome amada, y condenada a no asomarme siquiera a la puerta para verlo un instante?

Morir era preferible, sí, morir juntos.

Yo sabía que él era capaz de matarse; pero yo, que sola no hallaba fuerzas para cumplir mi destino, sentía que una vez a su lado preferiría mil veces la muerte juntos, a la desesperación de no volverlo a ver más.

Le escribí una carta, dispuesta a todo. Una semana después nos hallábamos en el sitio convenido, y ocupábamos una pieza del mismo hotel.

No puedo decir que me sentía orgullosa de lo que iba a hacer, ni tampoco feliz de morir. Era algo más fatal, más frenético, más sin remisión, como si desde el fondo del pasado mis abuelos, mis bisabuelos, mi infancia misma, mi primera comunión, mis ensueños, como si todo esto no hubiera tenido otra finalidad que impulsarme al suicidio.

No nos sentíamos felices, vuelvo a repetirlo, de morir. Abandonábamos la vida porque ella nos había abandonado ya, al impedirnos ser el uno del otro. En el primero, puro y último abrazo que nos dimos sobre el lecho, vestidos y calzados como al llegar, comprendí, marcada de dicha entre sus brazos, cuán grande hubiera sido mi felicidad de haber llegado a ser su novia, su esposa.

A un tiempo tomamos el veneno. En el brevísimo espacio de tiempo que media entre recibir de su mano el vaso y llevarlo a la boca, aquellas mismas fuerzas de los abuelos que me precipitaban a morir se asomaron de golpe al borde de mi destino a contenerme... ¡tarde ya! Bruscamente, todos los ruidos de la calle, de la ciudad misma, cesaron. Retrocedieron vertiginosamente ante mí, dejando en su hueco un sitio enorme, como si hasta ese instante el ámbito hubiera estado lleno de mil gritos conocidos.

Permanecí dos segundos más inmóvil, con los ojos abiertos. Y de pronto me estreché convulsivamente a él, libre por fin de mi espantosa soledad.

¡Sí, estaba con él; e íbamos a morir dentro de un instante!

El veneno era atroz, y Luis inició él primero el paso que nos llevaba juntos abrazados a la tumba.

—Perdóname —me dijo oprimiéndome todavía la cabeza contra su cuello. Te amo tanto que te llevo conmigo.

—Y yo te amo —le respondí—, y muero contigo.

No pude hablar más. ¿Pero qué ruido de pasos, qué voces venían del corredor a contemplar nuestra agonía? ¿Que golpes frenéticos resonaban en la puerta misma?

—Me han seguido y nos vienen a separar... —murmuré aún—. Pero yo soy toda tuya.

Al concluir, me di cuenta de que yo había pronunciado esas palabras mentalmente pues en ese momento perdía el conocimiento.

Cuando volví en mí tuve la impresión de que iba a caer

si no buscaba donde apoyarme. Me sentía leve y tan descansada, que hasta la dulzura de abrir los ojos me fue sensible. Yo estaba de pie, en el mismo cuarto del hotel, recostada casi a la pared del fondo. Y allá, junto a la cama, estaba mi madre desesperada.

¿Me habían salvado, pues? Volví la vista a todos lados, y junto al velador, de pie como yo, lo vi a él, a Luis, que acabada de distinguirme a su vez y venía sonriendo a mi encuentro. Fuimos rectamente uno hacia el otro, a pesar de la gran cantidad de personas que rodeaban el lecho? y nada nos dijimos, pues nuestros ojos expresaban toda la felicidad de habernos encontrado.

Al verlo, diáfano y visible a través de todo y de todos, acababa de comprender que yo estaba como él —muerta.

Habíamos muerto, a pesar de mi temor de ser salvada cuando perdí el conocimiento. Habíamos perdido algo más, por dicha... Y allí, en la cama, mi madre desesperada me sacudía a gritose mientras el mozo del hotel apartaba de mi cabeza los brazos de mi amado.

Alejados al fondo, con las manos unidas, Luis y yo veíamoslo todo en una perspectiva nítida, pero remotamente fría y sin pasión. A tres pasos, sin duda, estábamos nosotros, muertos por suicidio, rodeados por la desolación de mis parientes, del dueño del hotel y por el vaivén de los policías. ¿Qué nos importaba eso?

—¡Amada mía!... —me decía Luis—. ¡A qué poco precio hemos comprado esta felicidad de ahora!

—Y yo —le respondí— te amaré siempre como te amé antes. Y no nos separaremos más, ¿verdad?

—¡Oh, no!... Ya lo hemos probado.

—¿E irás todas las noches a visitarme?

Mientras cambiábamos así nuestras promesas oíamos

los alaridos de mamá que debían ser violentos, pero que nos llegaban con una sonoridad inerte y sin eco, como si no pudieran traspasar en más de un metro el ambiente que rodeaba a mamá.

Volvimos de nuevo la vista a la agitación de la pieza. Llevaban por fin nuestros cadáveres, y debía de haber transcurrido un largo tiempo desde nuestra muerte, pues pudimos notar que tanto Luis como yo teníamos ya las articulaciones muy duras y los dedos muy rígidos. Nuestros cadáveres... ¿Dónde pasaba eso? ¿En verdad había habido algo de nuestra vida, nuestra ternura, en aquellos dos pesadísimos cuerpos que bajaban por las escaleras, amenazando hacer rodar a todos con ellos?

¡Muertos! ¡Qué absurdo! Lo que había vivido en nosotros, más fuerte que la vida misma, continuaba viviendo con todas las esperanzas de un eterno amor. Antes... no había podido asomarme siquiera a la puerta para verlo; ahora hablaría regularmente con él, pues iría a casa como novio mío.

—¿Desde cuándo irás a visitarme? —le pregunté.

—Mañana —repuso él—. Dejemos pasar hoy.

—¿Por qué mañana? —pregunté angustiada—. ¿No es lo mismo hoy? ¡Ven esta noche, Luis! ¡Tengo tantos deseos de estar a solas contigo en la sala!

—¡Y yo! ¿A las nueve, entonces?

—Sí. Hasta luego, amor mío...

Y nos separamos. Volví a casa lentamente, feliz y desahogada como si regresara de la primera cita de amor que se repetiría esa noche. A las nueve en punto corría a la puerta de calle y recibí yo misma a mi novio. ¡Él en casa, de visita!

—¿Sabes que la sala está llena de gente? —le dije—. Pero no nos incomodarán

—Claro que no... ¿Estás tú allí?

—Sí.

—¿Muy desfigurada?

—No mucho, ¿creerás?¡Ven, vamos a ver!

Entramos en la sala. A pesar de la lividez de mis sienes, de las aletas de la nariz muy tensas y las ventanillas muy negras, mi rostro era casi el mismo que Luis esperaba ver durante horas y horas desde la esquina.

—Estás muy parecida —dijo él.

—¿Verdad? —le respondí yo, contenta. Y nos olvidamos en seguida de todo, arrullándonos.

Por ratos, sin embargo, suspendíamos nuestra conversación y mirábamos con curiosidad el entrar y salir de las gentes. En uno de esos momentos llamé la atención de Luis.

—¡Mira! —le dije—. ¿Qué pasará?

En efecto, la agitación de las gentes, muy viva desde unos minutos antes, se acentuaba con la entrada en la sala de un nuevo ataúd. Nuevas personas, no vistas aún allí, lo acompañaban.

—Soy yo —dijo Luis con ligera sorpresa—. Vienen también mis hermanas

—¡Mira, Luis! —observé yo—. Ponen nuestros cadáveres en el mismo cajón ... Como estábamos al morir.

—Como debíamos estar siempre —agregó él—. Y fijando los ojos por largo rato en el rostro excavado de dolor de sus hermanas:

—Pobres chicas... —murmuró con grave ternura. Yo me estreché a él, ganada a mi vez por el homenaje tardío, pero sangriento de expiación, que venciendo quién sabe qué dificultades, nos hacían mis padres enterrándonos juntos.

Enterrándonos... ¡Qué locura! Los amantes que se han suicidado sobre una cama de hotel, puros de cuerpo y alma, viven siempre. Nada nos ligaba a aquellos dos fríos y duros cuerpos, ya sin nombre, en que la vida se había roto de dolor. Y a pesar de todo, sin embargo, nos habían sido demasiado queridos en otra existencia para que no depusiéramos una larga mirada llena de recuerdos sobre aquellos dos cadavéricos fantasmas de un amor.

—También ellos —dijo mi amado— estarán eternamente juntos.

—Pero yo estoy contigo —murmuré yo, alzando a él mis ojos, feliz. Y nos olvidamos otra vez de todo.

Durante tres meses —prosiguió la voz— viví en plena dicha. Mi novio me visitaba dos veces por semana. Llegaba a las nueve en punto, sin que una sola noche se hubiera retrasado un solo segundo, y sin que una sola vez hubiera yo dejado de ir a recibirlo a la puerta. Para retirarse no siempre observaba mi novio igual puntualidad. Las once y media, aun las doce sonaron a veces, sin que él se decidiera a soltarme las manos, y sin que lograra yo arrancar mi mirada de la suya. Se iba por fin, y yo quedaba dichosamente rendida, paseándome por la sala con la cara apoyada en la palma de la mano.

Durante el día acortaba las horas pensando en él. Iba y venía de un cuarto a otro, asistiendo sin interés alguno al movimiento de mi familia, aunque alguna vez me detuve en la puerta del comedor a contemplar el hosco dolor de mamá, que rompía a veces en desesperados sollozos ante el sitio vacío de la mesa donde se había sentado su hija menor.

Yo vivía —sobrevivía—, lo he repetido, por el amor y para el amor. Fuera de él, de mi amado, de su presencia de su recuerdo, todo actuaba para mí en un mundo aparte. Y aun encontrándome inmediata a mi familia, entre ella y yo se abría un abismo invisible y transparente, que nos separaba a mil leguas.

Salíamos también de noche. Luis y yo, como novios oficiales que éramos. No existe paseo que no hayamos recorrido juntos, ni crepúsculo en que no hayamos deslizado nuestro idilio. De noche, cuando había luna y la temperatura era dulce, gustábamos de extender nuestros paseos hasta las afueras de la ciudad, donde nos sentíamos más libres, más puros y más amantes.

Una de esas noches, como nuestros pasos nos hubieran llevado a la vista del cementerio, sentimos curiosidad de ver el sitio en que yacía bajo tierra lo que habíamos sido. Entramos en el vasto recinto y nos detuvimos ante un trozo de tierra sombría, donde brillaba una lápida de mármol. Ostentaba nuestros dos solos nombres, y debajo la fecha de nuestra muerte; nada más.

—Como recuerdo de nosotros —observó Luis— no puede ser más breve. Así y todo —añadió después de una pausa—, encierra más lágrimas y remordimientos que muchos largos epitafios.

Dijo, y quedamos otra vez callados.

Acaso en aquel sitio y a aquella hora, para quien nos observara hubiéramos dado la impresión de ser fuegos fatuos. Pero mi novio y yo sabíamos bien que lo fatuo y sin redención eran aquellos dos espectros de un doble suicidio encerrados a nuestros pies, y la realidad, la vida depurada de errores, elévase pura y sublimada en nosotros como dos llamas de un mismo amor.

Nos alejamos de allí, dichosos y sin recuerdos, a pasear por la carretera blanca nuestra felicidad sin nubes.

Ellas llegaron, sin embargo. Aislados del mundo y de toda impresión extraña, sin otro fin y otro pensamiento que vernos para volvernos a ver, nuestro amor ascendía, no diré sobrenaturalmente, pero sí con la pasión en que debió abrasarnos nuestro noviazgo, de haberlo conseguido en la otra vida. Comenzamos a sentir ambos una melancolía muy dulce cuando estábamos juntos, y muy triste cuando nos hallábamos separados. He olvidado decir que mi novio me visitaba entonces todas las noches; pero pasábamos casi todo el tiempo sin hablar, como si ya nuestras frases de cariño no tuvieran valor alguno para expresar lo que sentíamos. Cada vez se retiraba él más tarde, cuando ya en casa todos dormían, y cada vez, al irse, acortábamos más la despedida.

Salíamos y retornábamos mudos, porque yo sabía bien que lo que él pudiera decirme no respondía a su pensamiento, y él estaba seguro de que yo le contestaría cualquier cosa, para evitar mirarlo.

Una noche en que nuestro desasosiego había llegado a un límite angustioso, Luis se despidió de mí más tarde que de costumbre. Y al tenderme sus dos manos, y entregarle yo las mías heladas, leí en sus ojos, con una transparencia intolerable, lo que pasaba por nosotros. Me puse pálida como la muerte misma; y como sus manos no soltaran las mías:

—¡Luis! —murmuré espantada, sintiendo que mi vida incorpórea buscaba desesperadamente apoyo, como en otra circunstancia. Él comprendió lo horrible de nuestra situación, porque soltándome las manos, con un valor de que ahora me doy cuenta, sus ojos recobraron la clara ternura de otras veces.

—Hasta mañana, amada mía —me dijo sonriendo.

—Hasta mañana, amor —murmuré yo, palideciendo todavía más al decir esto.

Porque en ese instante acababa de comprender que no podría pronunciar esta palabra nunca más.

Luis volvió a la noche siguiente; salimos juntos, hablamos, hablamos como nunca antes lo habíamos hecho, y como lo hicimos en las noches subsiguientes. Todo en vano: no podíamos mirarnos ya. Nos despedíamos brevemente, sin darnos la mano, alejados a un metro uno del otro.

¡Ah! Preferible era...

La última noche, mi novio cayó de pronto ante mí y apoyó su cabeza en mis rodillas.

—Mi amor —murmuró.

—¡Cállate! —dije yo.

—Amor mío —recomenzó él.

—¡Luis! ¡Cállate! —lancé yo aterrada—. Si repites eso otra vez...

Su cabeza se alzó, y nuestros ojos de espectros —¡es horrible decir esto!— se encontraron por primera vez desde muchos días atrás.

—¿Qué? —preguntó Luis—. ¿Qué pasa si repito?

—Tú lo sabes bien —respondí yo.

—¡Dímelo!

—¡Lo sabes! ¡Me muero!

Durante quince segundos nuestras miradas quedaron ligadas con tremenda fijeza. En ese tiempo, pasaron por ellas, corriendo como por el hilo del destino, infinitas historias de amor, truncas, reanudadas, rotas, redivivas, vencidas y hundidas finalmente en el pavor de lo imposible.

—Me muero... —torné a murmurar, respondiendo con ello a su mirada. Él lo comprendió también, pues hundiendo de nuevo la frente en mis rodillas, alzó la voz al largo rato.

—No nos queda sino una cosa que hacer... —dijo.

—Eso pienso —repuse yo.

—¿Me comprendes? —insistió Luis.

—Sí, te comprendo —contesté, deponiendo sobre su cabeza mis manos para que me dejara incorporarme. Y sin volvernos a mirar nos encaminamos al cementerio.

¡Ah! ¡No se juega al amor, a los novios, cuando se quemó en un suicidio la boca que podía besar! ¡No se juega a la vida, a la pasión sollozante, cuando desde el fondo de un ataúd dos espectros sustanciales nos piden cuenta de nuestro remedo y nuestra falsedad!

¡Amor! ¡Palabra ya impronunciable, si se la trocó por una copa de cianuro al goce de morir! ¡Sustancia del ideal, sensación de la dicha, y que solamente es posible recordar y llorar, cuando lo que se posee bajo los labios y se estrecha en los brazos no es más que el espectro de un amor!

Ese beso nos cuesta la vida —concluye la voz—, y lo sabemos. Cuando se ha muerto una vez de amor, se debe morir de nuevo. Hace un rato, al recogerme Luis a sí, hubiera dado el alma por poder ser besada. Dentro de un instante me besará, y lo que en nosotros fue sublime e insostenible niebla de ficción, descenderá, se desvanecerá al contacto sustancial y siempre fiel de nuestros restos mortales. Ignoro lo que nos espera más allá. Pero si nuestro amor fue un día capaz de elevarse sobre nuestros cuerpos envenenados, y logró vivir tres meses en la alucinación de un idilio, tal vez ellos, urna primitiva y esencial de ese amor, hayan resistido a las contingencias vulgares, y nos aguarden.

De pie sobre la lápida, Luis y yo nos miramos larga y libremente ya. Sus brazos ciñen mi cintura, su boca busca mi boca, y yo le entrego la mía con una pasión tal, que me desvanezco...

El conductor del rápido

Desde 1905 hasta 1925 han ingresado en el Hospicio de las Mercedes 108 maquinistas atacados de alienación mental.

Cierta mañana llegó al manicomio un hombre escuálido, de rostro macilento, que se tenía malamente en pie. Estaba cubierto de andrajos y articulaba tan mal sus palabras que era necesario descubrir lo que decía. Y, sin embargo, según afirmaba con cierto alarde su mujer al internarlo, ese maquinista había guiado su máquina hasta pocas horas antes.

En un momento dado de aquel lapso de tiempo, un señalero y un cambista alienados trabajaban en la misma línea y al mismo tiempo que dos conductores, también alienados.

Es hora, pues, dados los copiosos hechos apuntados, de meditar ante las actitudes fácilmente imaginables en que podría incurrir un maquinista alienado que conduce un tren.

Tal es lo que leo en una revista de criminología, psiquiatría y medicina legal, que tengo bajo mis ojos mientras me desayuno.

Perfecto. Yo soy uno de esos maquinistas. Más aun: soy conductor del rápido del Continental. Leo, pues, el anterior estudio con una atención también fácilmente imaginable.

Hombres, mujeres, niños, niñitos, presidentes y estabiloques: desconfiad de los psiquiatras como de toda policía.

Ellos ejercen el contralor mental de la humanidad, y ganan con ello: ¡ojo! Yo no conozco las estadísticas de alienación en el personal de los hospicios; pero no cambio los posibles trastornos que mi locomotora con un loco a horcajadas pudiera discurrir por los caminos, con los de cualquier deprimido psiquiatra al frente de un manicomio.

Cumple advertir, sin embargo, que el especialista cuyos son los párrafos apuntados comprueba que 108 maquinistas y 186 fogoneros alienados en el lapso de veinte años, establecen una proporción en verdad poco alarmante: algo más de cinco conductores locos por año. Y digo ex profeso conductores refiriéndome a los dos oficios, pues nadie ignora que un fogonero posee capacidad técnica suficiente como para manejar su máquina, en caso de cualquier accidente fortuito.

Visto esto, no deseo sino que este tanto por ciento de locos al frente del destino de una parte de la humanidad, sea tan débil en nuestra profesión como en la de ellos. Con lo cual concluyo en calma mi café, que tiene hoy un gusto extrañamente salado.

Esto lo medité hace quince días. Hoy he perdido ya la calma de entonces. Siento cosas perfectamente definibles si supiera a ciencia cierta qué es lo que quiero definir. A veces, mientras hablo con alguno mirándolo a los ojos, tengo la impresión de que los gestos de mi interlocutor y los míos se han detenido en extática dureza, aunque la acción prosigue; y que entre palabra y palabra media una eternidad de tiempo, aunque no cesamos de hablar aprisa.

Vuelvo en mí, pero no ágilmente, como se vuelve de una momentánea obnubilación, sino con hondas y mareantes oleadas de corazón que se recobra. Nada recuerdo de ese estado; y conservo de él, sin embargo, la impresión y el

94

cansancio que dejan las grandes emociones sufridas.

Otras veces pierdo bruscamente el contralor de mi yo, y desde un rincón de la máquina, transformado en un ser tan pequeño, concentrado de líneas y luciente como un bulón octogonal, me veo a mí mismo maniobrando con angustiosa lentitud.

¿Qué es esto? No lo sé. Llevo 18 años en la línea. Mi vista continúa siendo normal. Desgraciadamente, uno sabe siempre de patología más de lo razonable, y acudo al consultorio de la empresa.

—Yo nada siento en órgano alguno —he dicho—, pero no quiero concluir epiléptico. A nadie conviene ver inmóviles las cosas que se mueven.

—¿Y eso? —me ha dicho el médico mirándome—. ¿Quién le ha definido esas cosas?

—Las he leído alguna vez —respondo—. Haga el favor de examinarme, le ruego.

El doctor me examina el estómago, el hígado, la circulación —y la vista, por de contado.

—Nada veo —me ha dicho—, fuera de la ligera depresión que acusa usted viniendo aquí... Piense poco, fuera de lo indispensable para sus maniobras, y no lea nada. A los conductores de rápidos no les conviene ver cosas dobles, y menos tratar de explicárselas.

—¿Pero no sería prudente —insisto— solicitar un examen completo a la empresa? Yo tengo una responsabilidad demasiado grande sobre mis espaldas para que me baste...

—... el breve examen a que lo he sometido, concluya usted. Tiene razón, amigo maquinista. Es no sólo prudente, sino indispensable hacerlo así. Vaya tranquilo a su examen; los conductores que un día confunden las palancas no suelen discurrir como usted lo hace.

Me he encogido de hombros a sus espaldas, y he salido más deprimido aún.

¿Para qué ver a los médicos de la empresa si por todo tratamiento racional me impondrán un régimen de ignorancia?

Cuando un hombre posee una cultura superior a su empleo, mucho antes que a sus jefes se ha hecho sospechoso a sí mismo. Pero si estas suspensiones de vida prosiguen, y se acentúa este ver doble y triple a través de una lejanísima transparencia, entonces sabré perfectamente lo que conviene en tal estado a un conductor de tren.

Soy feliz. Me he levantado al rayar el día, sin sueño ya y con tal conciencia de mi bienestar que mi casita, las calles, la ciudad entera me han parecido pequeñas para asistir a mi plenitud de vida. He ido afuera, cantando por dentro, con los puños cerrados de acción y una ligera sonrisa externa, como procede en todo hombre que se siente estimable ante la vasta creación que despierta.

Es curiosísimo cómo un hombre puede de pronto darse vuelta y comprobar que arriba, abajo, al este, al oeste, no hay más que claridad potente, cuyos iones infinitesimales están constituídos de satisfacción: simple y noble satisfacción que colma el pecho y hace levantar beatamente la cabeza.

Antes, no sé en qué remoto tiempo y distancia, yo estuve deprimido, tan pesado de ansia que no alcanzaba a levantarme un milímetro del chato suelo. Hay gases que se arrastran así por la baja tierra sin lograr alzarse de ella, y rastrean asfixiado porque no pueden respirar ellos mismos.

Yo era uno de esos gases. Ahora puedo erguirme solo, sin ayuda de nadie, hasta las más altas nubes. Y si yo fuera hombre de extender las manos y bendecir, todas las cosas y el despertar de la vida proseguirían su rutina iluminada, pero impregnadas de mí: ¡Tan fuerte es la expansión de la mente en un hombre de verdad!

Desde esta altura y esta perfección radial me acuerdo de mis miserias y colapsos que me mantenían a ras de tierra, como un gas. ¿Cómo pudo esta firme carne mía y esta insolente plenitud de contemplar, albergar tales incertidumbres, sordideces, manías y asfixias por falta de aire?

Miro alrededor, y estoy solo, seguro, musical y riente de mi armónico existir. La vida, pesadísima tractora y furgón al mismo tiempo, ofrece estos fenómenos: una locomotora se yergue de pronto sobre sus ruedas traseras y se halla a la luz del sol. ¡De todos lados! ¡Bien erguida y al sol. ¡Cuán poco se necesita a veces para decidir de un destino: a la altura henchida, tranquila y eficiente, o a ras del suelo como un gas!

Yo fui ese gas. Ahora soy lo que soy, y vuelvo a casa despacio y maravillado.

He tomado el café con mi hija en las rodillas, y en una actitud que ha sorprendido a mi mujer.

—Hace tiempo que no te veía así —me dice con su voz seria y triste.

—Es la vida que renace —le he respondido—. ¡Soy otro, hermana!

—Ojalá estés siempre como ahora —murmura.

—Cuando Fermín compró su casa, en la empresa nada le dijeron. Había una llave de más.

—¿Qué dices? —pregunta mi mujer levantando la cabeza. Yo la miro, más sorprendido de su pregunta que ella misma, y respondo:

—Lo que te dije: ¡qué seré siempre así!

Con lo cual me levanto y salgo de nuevo —huevo.

Por lo común, después de almorzar paso por la oficina a recibir órdenes y no vuelvo a la estación hasta la hora de tomar servicio. No hay hoy novedad alguna, fuera de las grandes lluvias. A veces, para emprender ese camino, he salido de casa con inexplicable somnolencia; y otras he llegado a la máquina con extraño anhelo.

Hoy lo hago todo sin prisa, con el reloj ante el cerebro y las cosas que debía ver, radiando en su exacto lugar.

En esta dichosa conjunción del tiempo y los destinos, arrancamos. Desde media hora atrás vamos corriendo el tren 248. Mi máquina, la 129. En el bronce de su cifra se reflejan al paso los pilares del andén. Perendén.

Yo tengo 18 años de servicio, sin una falta, sin una pena, sin una culpa. Por esto el jefe me ha dicho al salir:

—Van ya dos accidentes en este mes, y es bastante. Cuide del empalme 3, y pasado él ponga atención en la trocha 296-315. Puede ganar más allá el tiempo perdido. Sé que podemos confiar en su calma, y por eso se lo advierto. Buena suerte, y en seguida de llegar informe del movimiento.

¡Calma! ¡Calma! ¡No es preciso, ¡oh jefes! que recomendéis calma a mi alma! ¡Yo puedo correr el tren con los ojos vendados, y el balasto está hecho de rayas y no de puntos, cuando pongo mi calma en la punta del miriñaque a rayar el balasto! Lascazes no tenía cambio para pagar los cigarrillos que compró en el puente...

Desde hace un rato presto atención al fogonero que palea con lentitud abrumadora. Cada movimiento suyo parece aislado, como si estuviera constituido de un material muy duro. ¿Qué compañero me confió la empresa para salvar el empal...

—¡Amigo! —le grito—. ¿Y ese valor? ¿No le recomendó calma el jefe? El tren va corriendo como una cucaracha.

—¿Cucaracha? —responde él—. Vamos bien a presión... y con dos libras más. Este carbón no es como el del mes pasado.

—¡Es que tenemos que correr, amigo! ¿Y su calma? ¡La mía, yo sé dónde está!

—¿Qué? —murmura el hombre.

—El empalme. Parece que allí hay que palear de firme. Y después, del 296 al 315.

—¿Con estas lluvias encima? —objeta el timorato.

—El jefe... ¡Calma! En 18 años de servicio no había yo comprendido el significado completo de esta palabra. ¡Vamos a correr a 110, amigo!

—Por mí... —concluye mi hombre, ojeándome un buen momento de costado.

¡Lo comprendo! ¡Ah, plenitud de sentir en el corazón, como un universo hecho exclusivamente de luz y fidelidad, esta calma que me exalta! ¡Qué es sino un mísero, diminuto y maniatado ser por los reglamentos y el terror, un maquinista de tren del cual se pretendiera exigir calma al abordar un cierto empalme! No es el mecánico azul, con gorra, pañuelo y sueldo, quien puede gritar a sus jefes: ¡La calma soy yo! ¡Se necesita ver cada cosa en el cenit, aisladísimo en su existir! ¡Comprenderla con pasmada alegría! ¡Se necesita poseer un alma donde cada cual posee un sentido, y ser el factor inmediato de todo lo sediento que para ser aguarda nuestro contacto! ¡Ser yo!

Maquinista. Echa una ojeada afuera. La noche es muy negra. El tren va corriendo con su escalera de reflejos a la rastra, y los remaches del ténder están hoy hinchados. Delante, el pasamano de la caldera parte inmóvil desde el ventanillo y ondula cada vez más, hasta barrer en el tope la vía de uno a otro lado.

Vuelvo la cabeza adentro: en este instante mismo el resplandor del hogar abierto centellea todo alrededor del sweater del fogonero, que está inmóvil. Se ha quedado inmóvil con la pala hacia atrás, y el sweater erizado de pelusa al rojo blanco.

—¡Miserable! ¡Ha abandonado su servicio! —rugo lanzándome del arenero.

Calma espectacular. ¡En el campo, por fin, fuera de la rutina ferroviaria!

Ayer, mi hija moribunda. ¡Pobre hija mía! Hoy, en franca convalecencia. Estamos detenidos junto al alambrado viendo avanzar la mañana dulce. A ambos lados del cochecito de nuestra hija, que hemos arrastrado hasta allí, mi mujer y yo miramos en lontananza, felices.

—Papá, un tren —dice mi hija extendiendo sus flacos dedos que tantas noches besamos a dúo con su madre.

—Sí, pequeña —afirmo—. Es el rápido de las 7.45.

—¡Qué ligero va, papá! —observa ella.

—¡Oh!, aquí no hay peligro alguno; puede correr. Pero al llegar al em...

Como en una explosión sin ruido, la atmósfera que rodea mi cabeza huye en velocísimas ondas, arrastrando en su succión parte de mi cerebro —y me veo otra vez sobre el arenero, conduciendo mi tren.

Sé que algo he hecho, algo cuyo contacto multiplicado en torno de mí me asedia, y no puedo recordarlo. Poco a poco mi actitud se recoge, mi espalda se enarca, mis uñas se clavan en la palanca... ¡y lanzo un largo, estertoroso maullido!

Súbitamente entonces, en un ¡trae! y un lívido relámpago cuyas conmociones venía sintiendo desde semanas atrás, comprendo que me estoy volviendo loco.

¡Loco! ¡Es preciso sentir el golpe de esta impresión en plena vida, y el clamor de suprema separación, mil veces peor que la muerte, para comprender el alarido totalmente animal con que el cerebro aúlla el escape de sus resortes!

¡Loco, en este instante, y para siempre! ¡Yo he gritado como un gato! ¡He maullado! ¡Yo he gritado como un gato!

—¡Mi calma, amigo! ¡Esto es lo que yo necesito!... ¡Listo, jefes!

Me lanzo otra vez al suelo.

—¡Fogonero maniatado! —le grito a través de su mordaza—. ¡Amigo! ¿Usted nunca vio un hombre que se vuelve loco? Aquí está: ¡Prrrrr! ...

«Porque usted es un hombre de calma, le confiamos el tren. ¡Ojo a la trocha 4004! Gato». Así dijo el jefe.

—¡Fogonero! ¡Vamos a palear de firme, y nos comeremos la trocha 2903!

Suelto la mano de la llave y me veo otra vez, oscuro e insignificante, conduciendo mi tren. Las tremendas sacudidas de la locomotora me punzan el cerebro: estamos pasando el empalme 3.

Surgen entonces ante mis pestañas mismas las palabras del psiquiatra:

«... las actitudes fácilmente imaginables en que podría incurrir un maquinista alienado que conduce su tren»...

¡Oh! Nada es estar alienado. ¡Lo horrible es sentirse incapaz de contener, no un tren, sino una miserable razón humana que huye con sus válvulas sobrecargadas a todo vapor! ¡Lo horrible es tener conciencia de que este último kilate de razón se desvanecerá a su vez, sin que la tremenda responsabilidad que se esfuerza sobre ella alcance a contenerlo! ¡Pido sólo una hora! ¡Diez minutos nada más! Porque de aquí a un instante... ¡Oh, si aún tuviera tiempo de desatar al fogonero y de enterarlo!...

—¡Ligero! ¡Ayúdeme usted mismo!...

Y al punto de agacharme veo levantarse la tapa de los areneros y a una bandada de ratas volcarse en el hogar.

¡Malditas bestias... me van a apagar los fuegos! Cargo el hogar de carbón, sujeto al timorato sobre un arenero y yo me siento sobre el otro.

—¡Amigo! —le grito con una mano en la palanca y la otra en el ojo—: cuando se desea retrasar un tren, se busca otros cómplices, ¿eh? ¿Qué va a decir el jefe cuando lo informe de su colección de ratas? Dirá: ojo a la trocha mm... ¡millón! ¿Y quién la pasa a 113 kilómetros? Un servidor. Pelo de castor. ¡Este soy yo! Yo no tengo más que certeza delante de mí, y la empresa se desvive por gentes como yo. ¿Qué es usted? dicen. ¡Actitud discreta y preponderancia esencial!, respondo yo. ¡Amigo! ¡Oiga el templequeo del tren!... Pasamos la trocha... ¡Calma, jefes! No va a saltar, yo lo digo... ¡Salta, amigo, ahora lo veo! Salta... ¡No saltó! ¡Buen susto se llevó usted, míster! ¿Y por qué?, pregunte. ¿Quién merece sólo la confianza de sus jefes?, pregunte. ¡Pregunte, estabiloque del infierno, o le hundo el hurgón en la panza!

—Lo que es este tren —dice el jefe de la estación mirando el reloj— no va a llegar atrasado. Lleva doce minutos de adelanto.

Por la línea se ve avanzar al rápido como un monstruo tumbándose de un lado a otro, avanzar, llegar, pasar rugiendo y huir a 110 por hora.

—Hay quien conoce —digo yo al jefe pavoneándome con las manos sobre el pecho— hay quien conoce el destino de ese tren.

—¿Destino? —se vuelve el jefe al maquinista—. Buenos Aires, supongo...

El maquinista yo sonríe negando suavemente, guiña un ojo al jefe de estación y levanta los dedos movedizos hacia las partes más altas de la atmósfera.

Y tiro a la vía el hurgón, bañado en sudor: el fogonero se ha salvado.

Pero el tren, no. Sé que esta última tregua será más breve aun que las otras. Si hace un instante no tuve tiempo —¡no material: mental!— para desatar a mi asistente y confiarle el tren, no lo tendré tampoco para detenerlo... Pongo la mano sobre la llave para cerrarla ¡eluf eluf!, amigo ¡Otra rata!

Último resplandor... ¡Y qué horrible martirio! ¡Dios de la Razón y de mi pobre hija! ¡Concédeme tan sólo tiempo para poner la mano sobre la palanca —blancapiribanca, ¡miau! El jefe de la estación anteterminal tuvo apenas tiempo de oír al conductor del rápido 248, que echado casi fuera de la portezuela le gritaba con acento que nunca aquél ha de olvidar:

—¡Deme desvío!...

Pero lo que descendió luego del tren, cuyos frenos al rojo habíanlo detenido junto a los paragolpes del desvío; lo que fue arrancado a la fuerza de la locomotora, entre horribles maullidos y debatiéndose como una bestia, eso no fue por el resto de sus días sino un pingajo de manicomio. Los alienistas opinan que en la salvación del tren —y 125 vidas— no debe verse otra cosa que un caso de automatismo profesional, no muy raro, y que los enfermos de este género suelen recuperar el juicio.

Nosotros consideramos que el sentimiento del deber, profundamente arraigado en una naturaleza de hombre, es capaz de contener por tres horas el mar de demencia que lo está ahogando. Pero de tal heroísmo mental, la razón no se recobra.

Los buques suicidantes

Resulta que hay pocas cosas más terribles que encontrar en el mar un buque abandonado. Si de día el peligro es menor, de noche el buque no se ve ni hay advertencia posible: el choque se lleva a uno y otro.

Estos buques abandonados por a o por b, navegan obstinadamente a favor de las corrientes o del viento; si tienen las velas desplegadas. Recorren así los mares, cambiando caprichosamente de rumbo.

No pocos de los vapores que un buen día no llegaron a puerto, han tropezado en su camino con uno de estos buques silenciosos que viajan por su cuenta. Siempre hay probabilidad de hallarlos, a cada minuto. Por ventura las corrientes suelen enredarlos en los mares de sargazo. Los buques se detienen, por fin, aquí o allá, inmóviles para siempre en ese desierto de algas. Así, hasta que poco a poco se van deshaciendo. Pero otros llegan cada día, ocupan su lugar en silencio, de modo que el tranquilo y lúgubre puerto siempre está frecuentado.

El principal motivo de estos abandonos de buque son sin duda las tempestades y los incendios que dejan a la deriva negros esqueletos errantes. Pero hay otras causas singulares entre las que se puede incluir lo acaecido al María Margarita, que zarpó de Nueva York el 24 de agosto de 1903, y que el

26 de mañana se puso al habla con una corbeta, sin acusar novedad alguna. Cuatro horas más tarde, un paquete, no obteniendo respuesta, desprendió una chalupa que abordó al María Margarita. En el buque no había nadie. Las camisetas de los marineros se secaban a proa. La cocina estaba prendida aún. Una máquina de coser tenía la aguja suspendida sobre la costura, como si hubiera sido dejada un momento antes. No había la menor señal de lucha ni de pánico, todo en perfecto orden. Y faltaban todos. ¿Qué pasó?

La noche que aprendí esto estábamos reunidos en el puente. Íbamos a Europa, y el capitán nos contaba su historia marina, perfectamente cierta, por otro lado.

La concurrencia femenina, ganada por la sugestión del oleaje susurrante, oía estremecida. Las chicas nerviosas prestaban sin querer inquieto oído a la ronca voz de los marineros en proa. Una señora muy joven y recién casada se atrevió:

—¿No serán águilas...?

El capitán se sonrió bondadosamente:

—¿Qué, señora? ¿Águilas que se lleven a la tripulación?

Todos se rieron, y la joven hizo lo mismo, un poco cortada.

Felizmente un pasajero sabía algo de eso. Lo miramos curiosamente. Durante el viaje había sido un excelente compañero, admirando por su cuenta y riesgo, y hablando poco.

—¡Ah! ¡Si nos contara, señor! —suplicó la joven de las águilas.

—No tengo inconveniente —asintió el discreto individuo—. En dos palabras: en los mares del norte, como el María Margarita del capitán, encontramos una vez un barco a vela. Nuestro rumbo —viajábamos también a vela—, nos llevó casi a su lado. El singular aire de abandono que no engaña en un buque llamó nuestra atención, y disminuimos la marcha observándolo. Al fin desprendimos una chalupa; a bordo no se halló a nadie, todo estaba también en perfecto orden.

Pero la última anotación del diario databa de cuatro días atrás, de modo que no sentimos mayor impresión. Aun nos reímos un poco de las famosas desapariciones súbitas. Ocho de nuestros hombres quedaron a bordo para el gobierno del nuevo buque. Viajaríamos en conserva. Al anochecer aquél nos tomó un poco de camino. Al día siguiente lo alcanzamos, pero no vimos a nadie sobre el puente. Desprendióse de nuevo la chalupa, y los que fueron recorrieron en vano el buque: todos habían desaparecido. Ni un objeto fuera de su lugar. El mar estaba absolutamente terso en toda su extensión. En la cocina hervía aún una olla con papas.

Como ustedes comprenderán, el terror supersticioso de nuestra gente llegó a su colmo. A la larga, seis se animaron a llenar el vacío, y yo fui con ellos. Apenas a bordo, mis nuevos compañeros se decidieron a beber para desterrar toda preocupación. Estaban sentados en rueda, y a la hora la mayoría cantaba ya.

Llegó mediodía y pasó la siesta. A las cuatro, la brisa cesó y las velas cayeron. Un marinero se acercó a la borda y miró el mar aceitoso. Todos se habían levantado, paseándose, sin ganas ya de hablar. Uno se sentó en un cabo arrollado y se sacó la camiseta para remendarla. Cosió un rato en silencio. De pronto se levantó y lanzó un largo silbido. Sus compañeros se volvieron. Él los miró vagamente, sorprendido también, y se sentó de nuevo. Un momento después dejó la camiseta en el rollo, avanzó a la borda y se tiró al agua. Al sentir ruido, los otros dieron vuelta la cabeza, con el ceño ligeramente fruncido. Pero enseguida parecieron olvidarse

106

del incidente, volviendo a la apatía común.

Al rato otro se desperezó, restregóse los ojos caminando, y se tiró al agua. Pasó media hora; el sol iba cayendo. Sentí de pronto que me tocaban en el hombro.

—¿Qué hora es?

—Las cinco —respondí. El viejo marinero que me había hecho la pregunta me miró desconfiado, con las manos en los bolsillos. Miró largo rato mi pantalón, distraído. Al fin se tiró al agua.

Los tres que quedaban, se acercaron rápidamente y observaron el remolino. Se sentaron en la borda, silbando despacio, con la vista perdida a lo lejos. Uno se bajó y se tendió en el puente, cansado. Los otros desaparecieron uno tras otro. A las seis, el último de todos se levantó, se compuso la ropa, apartóse el pelo de la frente, caminó con sueño aún, y se tiró al agua.

Entonces quedé solo, mirando como un idiota el mar desierto. Todos sin saber lo que hacían, se habían arrojado al mar, envueltos en el sonambulismo moroso que flotaba en el buque. Cuando uno se tiraba al agua, los otros se volvían momentáneamente preocupados, como si recordaran algo, para olvidarse enseguida. Así habían desaparecido todos, y supongo que lo mismo los del día anterior, y los otros y los de los demás buques. Esto es todo.

Nos quedamos mirando al raro hombre con explicable curiosidad.

—¿Y usted no sintió nada? —le preguntó mi ***

—Sí; un gran desgano y obstinación de las mismas ideas, pero nada más. No sé por qué no sentí nada más. Presumo que el motivo es éste: en vez de agotarme en una defensa angustiosa y a toda costa contra lo que sentía, como deben de haber hecho todos, y aun los marineros sin darse cuenta, acepté sencillamente esa muerte hipnótica, como si estuviese anulado ya. Algo muy semejante ha pasado sin duda a los centinelas de aquella guardia célebre, que noche a noche se ahorcaban.

Como el comentario era bastante complicado, nadie respondió. Poco después el narrador se retiraba a su camarote. El capitán lo siguió un rato de reojo.

—¡Farsante! —murmuró.

—Al contrario —dijo un pasajero enfermo, que iba a morir a su tierra—. Si fuera farsante no habría dejado de pensar en eso, y se hubiera tirado también al agua.

Una estación de amor

Primavera

Era el martes de carnaval. Nébel acababa de entrar en el corso, ya al oscurecer, y mientras deshacía un paquete de serpentinas, miró al carruaje de delante. Extrañado de una cara que no había visto la tarde anterior, preguntó a sus compañeros:

—¿Quién es? No parece fea.

—¡Un demonio! Es lindísima. Creo que sobrina, o cosa así, del doctor Arrizabalaga. Llegó ayer, me parece...

Nébel fijó entonces atentamente los ojos en la hermosa criatura. Era una chica muy joven aún, acaso no más de catorce años, pero completamente núbil. Tenía, bajo el cabello muy oscuro, un rostro de suprema blancura, de ese blanco mate y raso que es patrimonio exclusivo de los cutis muy finos. Ojos azules, largos, perdiéndose hacia las sienes en el cerco de sus negras pestañas. Acaso un poco separados, lo que da, bajo una frente tersa, aire de mucha nobleza o de gran terquedad. Pero sus ojos, así, llenaban aquel semblante en flor con la luz de su belleza. Y al sentirlos Nébel detenidos un momento en los suyos, quedó deslumbrado.

—¡Qué encanto! —murmuró, quedando inmóvil con una rodilla sobre al almohadón del surrey. Un momento después las serpentinas volaban hacia la victoria. Ambos carruajes estaban ya enlazados por el puente colgante de cintas, y la que lo ocasionaba sonreía de vez en cuando al galante muchacho.

Mas aquello llegaba ya a la falta de respeto a personas, cochero y aún carruaje: sobre el hombro, la cabeza, látigo, guardabarros, las serpentinas llovían sin cesar. Tanto fue, que las dos personas sentadas atrás se volvieron y, bien que sonriendo, examinaron atentamente al derrochador.

—¿Quiénes son? —preguntó Nébel en voz baja.

—El doctor Arrizabalaga; cierto que no lo conoces. La otra es la madre de tu chica... Es cuñada del doctor.

Como en pos del examen, Arrizabalaga y la señora se sonrieran francamente ante aquella exuberancia de juventud, Nébel se creyó en el deber de saludarlos, a lo que respondió el terceto con jovial condescencia.

Este fue el principio de un idilio que duró tres meses, y al que Nébel aportó cuanto de adoración cabía en su apasionada adolescencia.

Mientras continuó el corso, y en Concordia se prolonga hasta horas increíbles, Nébel tendió incesantemente su brazo hacia adelante, tan bien, que el puño de su camisa, desprendido, bailaba sobre la mano. Al día siguiente se reprodujo la escena; y como esta vez el corso se reanudaba de noche con batalla de flores, Nébel agotó en un cuarto de hora cuatro inmensas canastas. Arrizabalaga y la señora se reían, volviéndose a menudo, y la joven no apartaba casi sus ojos de Nébel. Este echó una mirada de desesperación a sus canastas vacías; mas sobre el almohadón del surrey quedaban aún uno, un pobre ramo de siemprevivas y jazmines del país. Nébel saltó con él por sobre la rueda del surrey, dislocóse casi un tobillo, y corriendo a la victoria, jadeante, empapado en sudor y el entusiasmo a flor de ojos, tendió el ramo a la joven. Ella buscó atolondradamente otro, pero no lo tenía. Sus acompañantes se rían.

—¡Pero loca! —le dijo la madre, señalándole el pecho— ¡ahí tienes uno!

El carruaje arrancaba al trote. Nébel, que había descendido del estribo, afligido, corrió y alcanzó el ramo que la joven le tendía, con el cuerpo casi fuera del coche.

Nébel había llegado tres días atrás de Buenos Aires, donde concluía su bachillerato. Había permanecido allá siete años, de modo que su conocimiento de la sociedad actual de Concordia era mínimo. Debía quedar aún quince días en su ciudad natal, disfrutados en pleno sosiego de alma, si no de cuerpo; y he ahí que desde el segundo día perdía toda su serenidad. Pero en cambio ¡qué encanto!

—¡Qué encanto! —se repetía pensando en aquel rayo de luz, flor y carne femenina que había llegado a él desde el carruaje. Se reconocía real y profundamente deslumbrado— y enamorado, desde luego.

¡Y si ella lo quisiera!... ¿Lo querría? Nébel, para dilucidarlo, confiaba mucho más que en el ramo de su pecho, en la precipitación aturdida con que la joven había buscado algo para darle. Evocaba claramente el brillo de sus ojos cuando lo vio llegar corriendo, la inquieta expectativa con que lo esperó, y en otro orden, la morbidez del joven pecho, al tenderle el ramo.

¡Y ahora, concluido! Ella se iba al día siguiente a Montevideo. ¿Qué le importaba lo demás, Concordia, sus amigos de antes, su mismo padre? Por lo menos iría con ella hasta Buenos Aires.

Hicieron, efectivamente, el viaje juntos, y durante él, Nébel llegó al más alto grado de pasión que puede alcanzar un romántico muchacho de 18 años, que se siente querido. La madre acogió el casi infantil idilio con afable complacencia, y se reía a menudo al verlos, hablando poco, sonriendo sin cesar, y mirándose infinitamente.

La despedida fue breve, pues Nébel no quiso perder el último vestigio de cordura que le quedaba, cortando su carrera tras ella. Volverían a Concordia en el invierno, acaso una temporada. ¿Iría él? «¡Oh, no volver yo!» Y mientras Nébel se alejaba, tardo, por el muelle, volviéndose a cada momento, ella, de pecho sobre la borda, la cabeza un poco baja, lo seguía con los ojos, mientras en la planchada los marineros levantaban los suyos risueños a aquel idilio y al vestido, corto aún, de la tiernísima novia.

Verano

El 13 de junio Nébel volvió a Concordia, y aunque supo desde el primer momento que Lidia estaba allí, pasó una semana sin inquietarse poco ni mucho por ella. Cuatro meses son plazo sobrado para un relámpago de pasión, y apenas si en el agua dormida de su alma, el último resplandor alcanzaba a rizar su amor propio. Sentía, sí, curiosidad de verla. Pero un nimio incidente, punzando su vanidad, lo arrastró de nuevo. El primer domingo, Nébel, como todo buen chico de pueblo, esperó en la esquina la salida de misa. Al fin, las últimas acaso, erguidas y mirando adelante, Lidia y su madre avanzaron por entre la fila de muchachos.

Nébel, al verla de nuevo, sintió que sus ojos se dilataban para sorber en toda su plenitud la figura bruscamente adorada. Esperó con ansia casi dolorosa el instante en que los ojos de ella, en un súbito resplandor de dichosa sorpresa, lo reconocerían entre el grupo.

Pero pasó, con su mirada fría fija adelante.

—Parece que no se acuerda más de ti —le dijo un amigo, que a su lado había seguido el incidente.

—¡No mucho! —se sonrió él.— Y es lástima, porque la chica me gustaba en realidad.

Pero cuando estuvo solo se lloró a sí mismo su desgracia. ¡Y ahora que había vuelto a verla! ¡Cómo, cómo la había querido siempre, él que creía no acordarse más! ¡Y acabado! ¡Pum, pum, pum! —repetía sin darse cuenta, con la costumbre del chico —¡Pum! ¡todo concluído!

De golpe: ¿Y si no me hubiera visto?... ¡Claro! ¡pero claro! Su rostro se animó de nuevo, acogiéndose con plena convicción a una probabilidad como esa, profundamente razonable.

A las tres golpeaba en casa del doctor Arrizabalaga. Su idea era elemental: consultaría con cualquier mísero pretexto al abogado, y entretanto acaso la viera. Una súbita carrera por el patio respondió al timbre, y Lidia, para detener el impulso, tuvo que cogerse violentamente a la puerta vidriera. Vio a Nébel, lanzó una exclamación, y ocultando con sus brazos la liviandad doméstica de su ropa, huyó más velozmente aún.

Un instante después la madre abría el consultorio, y acogía a su antiguo conocido con más viva complacencia que cuatro meses atrás. Nébel no cabía en sí de gozo, y como la señora no parecía inquietarse por las preocupaciones jurídicas de Nébel, éste prefirió también un millón de veces tal presencia a la del abogado. Con todo, se hallaba sobre ascuas de una felicidad demasiado ardiente y, como tenía 18 años, deseaba irse de una vez para gozar a solas, y sin cortedad, su inmensa dicha.

—¡Tan pronto, ya! —le dijo la señora—. Espero que tendremos el gusto de verlo otra vez... ¿No es verdad?

—¡Oh, sí, señora!

—En casa todos tendríamos mucho placer... ¡supongo que todos! ¿Quiere que consultemos? —se sonrió con maternal burla.

—¡Oh, con toda el alma! —repuso Nébel.

—¡Lidia! ¡Ven un momento! Hay aquí una persona a quien conoces. Nébel había sido visto ya por ella; pero no importaba.

Lidia llegó cuando él estaba de pie. Avanzó a su encuentro, los ojos centelleantes de dicha, y le tendió un gran ramo de violetas, con adorable torpeza.

—Si a usted no le molesta —prosiguió la madre— podría venir todos los lunes... ¿qué le parece?

—¡Que es muy poco, señora! —repuso el muchacho— Los viernes también... ¿me permite?

La señora se echó a reír.

—¡Qué apurado! Yo no sé... veamos qué dice Lidia. ¿Qué dices, Lidia?

La criatura, que no apartaba sus ojos rientes de Nébel, le dijo ¡sí! en pleno rostro, puesto que a él debía su respuesta.

—Muy bien: entonces hasta el lunes, Nébel.

Nébel objetó:

—¿No me permitiría venir esta noche? Hoy es un día extraordinario...

—¡Bueno! ¡Esta noche también! Acompáñalo, Lidia. Pero Nébel, en loca necesidad de movimiento, se despidió allí mismo, y huyó con su ramo cuyo cabo había deshecho casi, y con el alma proyectada al último cielo de la felicidad.

II

Durante dos meses, todos los momentos en que se veían, todas las horas que los separaban, Nébel y Lidia se adoraron. Para él, romántico hasta sentir el estado de dolorosa melancolía que provoca una simple garúa que agrisa el patio, la criatura aquella, con su cara angelical, sus ojos azules y su temprana plenitud, debía encarnar la suma posible de ideal. Para ella, Nébel era varonil, buen mozo e inteligente. No había en su mutuo amor más nube para el porvenir que la minoría de edad de Nébel. El muchacho, dejando de lado estudios, carreras y superfluidades por el estilo, quería casarse. Como probado, no había sino dos cosas: que a él le era *absolutamente* imposible vivir sin su Lidia, y que llevaría por delante cuanto se opusiese a ello. Presentía —o más bien dicho, sentía— que iba a escollar rudamente.

Su padre, en efecto, a quien había disgustado profundamente el año que perdía Nébel tras un amorío de carnaval, debía apuntar las íes con terrible vigor. A fines de Agosto, habló un día definitivamente a su hijo:

—Me han dicho que sigues tus visitas a lo de Arrizabalaga. ¿Es cierto? Porque tú no te dignas decirme una palabra.

Nébel vio toda la tormenta en esa forma de *dignidad*, y la voz le tembló un poco.

—Si no te dije nada, papá, es porque sé que no te gusta que hable de eso.

—¡Bah! cómo gustarme, puedes, en efecto, ahorrarte el trabajo... Pero quisiera saber en qué estado estás. ¿Vas a esa casa como novio?

—Sí.

—¿Y te reciben formalmente?

—C-creo que sí.

El padre lo miró fijamente y tamborileó sobre la mesa.

—¡Está bueno! ¡Muy bien!... Óyeme, porque tengo el deber de mostrarte el camino. ¿Sabes tú bien lo que haces? ¿Has pensado en lo que puede pasar?

—¿Pasar?... ¿qué?

—Que te cases con esa muchacha. Pero fíjate: ya tienes edad para reflexionar, al menos. ¿Sabes quién es? ¿De dónde viene? ¿Conoces a alguien que sepa qué vida lleva en Montevideo?

—¡Papá!

—¡Sí, qué hacen allá! ¡Bah! no pongas esa cara... No me refiero a tu... novia. Esa es una criatura, y como tal no sabe lo que hace. ¿Pero sabes de qué viven?

—¡No! Ni me importa, porque aunque seas mi padre...

—¡Bah, bah, bah! Deja eso para después. No te hablo como padre sino como cualquier hombre honrado pudiera hablarte. ¡Y puesto que te indigna tanto lo que te pregunto, averigua a quien quiera contarte, qué clase de relaciones tiene la madre de tu novia con su cuñado, pregunta!

—¡Sí! Ya sé que ha sido...

—Ah, ¿sabes que ha sido la querida de Arrizabalaga? ¿Y que él u otro sostienen la casa en Montevideo? ¡Y te quedas tan fresco!

—¡...!

—¡Sí, ya sé, tu novia no tiene nada que ver con esto, ya sé! No hay impulso más bello que el tuyo... Pero anda con cuidado, porque puedes llegar tarde!... ¡No, no, cálmate! No tengo ninguna idea de ofender a tu novia, y creo, como te he dicho, que no está contaminada aún por la podredumbre que la rodea. Pero si la madre te la quiere vender en matrimonio, o más bien a la fortuna que vas a heredar cuando

116

yo muera, dile que el viejo Nébel no está dispuesto a esos tráficos, y que antes se lo llevará el diablo que consentir en eso. Nada más te quería decir.

El muchacho quería mucho a su padre a pesar del carácter duro de éste; salió lleno de rabia por no haber podido desahogar su ira, tanto más violenta cuanto que él mismo la sabía injusta. Hacía tiempo ya que no ignoraba esto: la madre de Lidia había sido querida de Arrizabalaga en vida de su marido, y aún cuatro o cinco años después. Se veían aún de tarde en tarde, pero el viejo libertino, arrebujado ahora en sus artritis de enfermizo solterón, distaba mucho de ser respecto de su cuñada lo que se pretendía; y si mantenía el tren de madre e hija, lo hacía por una especie de compasión de ex amante, rayana en vil egoísmo, y sobre todo para autorizar los chismes actuales que hinchaban su vanidad. Nébel evocaba a la madre; y con un estremecimiento de muchacho loco por las mujeres casadas, recordaba cierta noche en que hojeando juntos y reclinados una *Illustration*, había creído sentir sobre sus nervios súbitamente tensos, un hondo hálito de deseo que surgía del cuerpo pleno que rozaba con él. Al levantar los ojos, Nébel había visto la mirada de ella, en lánguida imprecisión de mareo, posarse pesadamente sobre la suya.

¿Se había equivocado? Era terriblemente histérica, pero con rara manifestación desbordante; los nervios desordenados repiqueteaban hacia adentro, y de aquí la súbita tenacidad en un disparate, el brusco abandono de una convicción; y en los prodromos de las crisis, la obstinación creciente, convulsiva, edificándose a grandes bloques de absurdos. Abusaba de la morfina, por angustiosa necesidad y por elegancia. Tenía treinta y siete años; era alta, con labios muy gruesos y encendidos, que humedecía sin cesar. Sin ser grandes, los ojos lo parecían por un poco hundidos y tener pestañas muy largas; pero eran admirables de sombra y fuego. Se pintaba. Vestía, como la hija, con perfecto buen gusto, y era ésta, sin duda, su mayor seducción. Debía de haber tenido, como mujer, profundo encanto; ahora la histeria había trabajado mucho su cuerpo —siendo, desde luego, enferma del vientre. Cuando el latigazo de la morfina pasaba, sus ojos se empañaban, y de la comisura de los labios, del párpado globoso, pendía una fina redecilla de arrugas. Pero a pesar de ello, la misma histeria que le deshacía los nervios era el alimento, un poco mágico, que sostenía su tonicidad.

Quería entrañablemente a Lidia; y con la moral de las histéricas burguesas, hubiera envilecido a su hija para hacerla feliz —esto es, para proporcionarle aquello que habría hecho su propia felicidad. Así, la inquietud del padre de Nébel a este respecto tocaba a su hijo en lo más hondo de sus cuerdas de amante. ¿Cómo había escapado Lidia?

Porque la limpidez de su cutis, la franqueza de su pasión de chica que surgía con adorable libertad de sus ojos brillantes, eran, ya no prueba de pureza, sino de escalón de noble gozo por el que Nébel ascendía triunfal a arrancar de una manotada a la planta podrida la flor que pedía por él.

Esta convicción era tan intensa, que Nébel jamás la había besado. Una tarde, después de almorzar, en que pasaba por lo de Arrizabalaga, había sentido loco deseo de verla. Su dicha fue completa, pues la halló sola, en batón, y los rizos sobre las mejillas. Como Nébel la retuvo contra la pared, ella, riendo y cortada, se recostó en el muro. Y el muchacho, a su frente, tocándola casi, sintió en sus manos inertes la alta felicidad de un amor inmaculado, que tan fácil le habría sido manchar.

¡Pero luego, una vez su mujer! Nébel precipitaba cuanto

le era posible su casamiento. Su habilitación de edad, obtenida en esos días, le permitía por su legítima materna afrontar los gastos. Quedaba el consentimiento del padre, y la madre apremiaba este detalle.

La situación de ella, sobrado equívoca en Concordia, exigía una sanción social que debía comenzar, desde luego, por la del futuro suegro de su hija. Y sobre todo, la sostenía el deseo de humillar, de forzar a la moral burguesa, a doblar las rodillas ante la misma inconveniencia que despreció.

Ya varias veces había tocado el punto con su futuro yerno, con alusiones a «mi suegro»... «mi nueva familia»... «la cuñada de mi hija». Nébel se callaba, y los ojos de la madre brillaban entonces con más fuego.

Hasta que un día la llama se levantó. Nébel había fijado el 18 de octubre para su casamiento. Faltaba más de un mes aún, pero la madre hizo entender claramente al muchacho que quería la presencia de su padre esa noche.

—Será difícil —dijo Nébel después de un mortificante silencio—. Le cuesta mucho salir de noche... No sale nunca.

—¡Ah! —exclamó sólo la madre, mordiéndose rápidamente el labio. Otra pausa siguió, pero ésta ya de presagio.

—Porque usted no hace un casamiento clandestino ¿verdad?

—¡Oh! —se sonrió difícilmente Nébel—. Mi padre tampoco lo cree.

—¿Y entonces?

Nuevo silencio cada vez más tempestuoso.

—¿Es por mí que su señor padre no quiere asistir?

—¡No, no señora! —exclamó al fin Nébel, impaciente—. Está en su modo de ser... Hablaré de nuevo con él, si quiere.

—¿Yo, querer? —se sonrió la madre dilatando las narices—.

Haga lo que le parezca... ¿Quiere irse, Nébel, ahora? No estoy bien.

Nébel salió, profundamente disgustado. ¿Qué iba a decir a su padre? Éste sostenía siempre su rotunda oposición a tal matrimonio, y ya el hijo había emprendido las gestiones para prescindir de ella.

—Puedes hacer eso, mucho más, y todo lo que te dé la gana. ¡Pero mi consentimiento para que esa entretenida sea tu suegra, ¡jamás! Después de tres días Nébel decidió aclarar de una vez ese estado de cosas, y aprovechó para ello un momento en que Lidia no estaba.

—Hablé con mi padre —comenzó Nébel— y me ha dicho que le será completamente imposible asistir.

La madre se puso un poco pálida, mientras sus ojos, en un súbito fulgor, se estiraban hacia las sienes.

—¡Ah! ¿Y por qué?

—No sé —repuso con voz sorda Nébel.

—Es decir... ¿que su señor padre teme mancharse si pone los pies aquí?

—No sé —repitió él con inconsciente obstinación.

—¡Es que es una ofensa gratuita la que nos hace ese señor! ¿Qué se ha figurado? —añadió con voz ya alterada y los labios temblantes—. ¿Quién es él para darse ese tono?

Nébel sintió entonces el fustazo de reacción en la cepa profunda de su familia.

—¡Qué es, no sé! —repuso con la voz precipitada a su vez— pero no sólo se niega a asistir, sino que tampoco da su consentimiento.

—¿Qué? ¿qué se niega? ¿Y por qué? ¿Quién es él? ¡El más autorizado para esto!

Nébel se levantó:

—Señora...

Pero ella se había levantado también.

—¡Sí, él! ¡Usted es una criatura! ¡Pregúntele de dónde ha sacado su fortuna, robada a sus clientes! ¡Y con esos aires! ¡Su familia irreprochable, sin mancha, se llena la boca con eso! ¡Su familia!... ¡Dígale que le diga cuántas paredes tenía que saltar para ir a dormir con su mujer, antes de casarse! ¡Sí, y me viene con su familia!... ¡Muy bien, váyase; estoy hasta aquí de hipocresías! ¡Que lo pase bien!

III

Nébel vivió cuatro días vagando en la más honda desesperación. ¿Oué podía esperar después de lo sucedido? Al quinto, y al anochecer, recibió una esquela:

«Octavio: Lidia está bastante enferma, y sólo su presencia podría calmarla.

María S. de Arrizabalaga.»

Era una treta, no tenía duda. Pero si su Lidia en verdad...

Fue esa noche y la madre lo recibió con una discreción que asombró a Nébel, sin afabilidad excesiva, ni aire tampoco de pecadora que pide disculpa.

—Si quiere verla...

Nébel entró con la madre, y vio a su amor adorado en la cama, el rostro con esa frescura sin polvos que dan únicamente los 14 años, y el cuerpo recogido bajo las ropas que disimulaban notablemente su plena juventud.

Se sentó a su lado, y en balde la madre esperó a que se dijeran algo: no hacían sino mirarse y reír.

De pronto Nébel sintió que estaban solos, y la imagen de la madre surgió nítida: «se va para que en el transporte de mi amor reconquistado, pierda la cabeza y el matrimonio sea así forzoso». Pero en ese cuarto de hora de goce final que le ofrecían adelantado y gratis a costa de un pagaré de casamiento, el muchacho, de 18 años, sintió —como otra vez contra la pared— el placer sin la más leve mancha, de un amor puro en toda su aureola de poético idilio.

Sólo Nébel pudo decir cuán grande fue su dicha recuperada en pos del naufragio. El también olvidaba lo que fuera en la madre explosión de calumnia, ansia rabiosa de insultar a los que no lo merecen. Pero tenía la más fría decisión de apartar a la madre de su vida una vez casados. El recuerdo de su tierna novia, pura y riente en la cama de que se había destendido una punta para él, encendía la promesa de una voluptuosidad íntegra, a la que no había robado ni el más pequeño diamante.

A la noche siguiente, al llegar a lo de Arrizabalaga, Nébel halló el zaguán oscuro. Después de largo rato, la sirvienta entreabrió la vidriera:

—No están las señoras.

—¿Han salido? —preguntó extrañado.

—No, se van a Montevideo... Han ido al Salto a dormir abordo.

—¡Ah! —murmuró Nébel aterrado. Tenía una esperanza aún.

—¿El doctor? ¿Puedo hablar con él?

—No está, se ha ido al club después de comer...

Una vez solo en la calle oscura, Nébel levantó y dejó caer los brazos con mortal desaliento: ¡Se acabó todo! Su felicidad, su dicha reconquistada un día antes, perdida de nuevo y para siempre! Presentía que esta vez no había redención posible. Los nervios de la madre habían saltado a la loca, como teclas, y él no podía hacer ya nada más.

Comenzaba a lloviznar. Caminó hasta la esquina, y desde allí, inmóvil bajo el farol, contempló con estúpida fijeza la casa rosada. Dio una vuelta a la manzana, y tornó a detenerse bajo el farol. ¡Nunca, nunca!

Hasta las once y media hizo lo mismo. Al fin se fue a su casa y cargó el revólver. Pero un recuerdo lo detuvo: meses atrás había prometido a un dibujante alemán que antes de suicidarse —Nébel era adolescente— iría a verlo. Uníalo con el viejo militar de Guillermo una viva amistad, cimentada sobre largas charlas filosóficas.

A la mañana siguiente, muy temprano, Nébel llamaba al pobre cuarto de aquél. La expresión de su rostro era sobrado explícita.

—¿Es ahora? —le preguntó el paternal amiga, estrechándole con fuerza la mano.

—¡Pst! ¡De todos modos!... —repuso el muchacho, mirando a otro lado.

El dibujante, con gran calma, le contó entonces su propio drama de amor.

—Vaya a su casa —concluyó— y si a las once no ha cambiado de idea, vuelva a almorzar conmigo, si es que tenemos qué. Después hará lo que quiera. ¿Me lo jura?

—Se lo juro —contestó Nébel, devolviéndole su estrecho apretón con grandes ganas de llorar.

En su casa lo esperaba una tarjeta de Lidia:

«Idolatrado Octavio: Mi desesperación no puede ser más grande, pero mamá ha visto que si me casaba con usted me estaban reservados grandes dolores, he comprendido como ella que lo mejor era separarnos y le jura no olvidarlo nunca,

tu Lidia.»

—¡Ah, tenía que ser así! —clamó el muchacho, viendo al mismo tiempo con espanto su rostro demudado en el espejo.— ¡La madre era quien había inspirado la carta, ella y su maldita locura! Lidia no había podido menos que escribir, y la pobre chica, trastornada, lloraba todo su amor en la redacción. ¡Ah! ¡Si pudiera verla algún día, decirle de qué modo la he querido, cuánto la quiero ahora, adorada del alma!

Temblando fue hasta el velador y cogió el revólver, pero recordó su nueva promesa, y durante un rato permaneció inmóvil, limpiando obstinadamente con la uña una mancha del tambor.

Otoño

Una tarde, en Buenos Aires, acababa Nébel de subir al tramway, cuando el coche se detuvo un momento más del conveniente, y aquél, que leía, volvió al fin la cabeza. Una mujer con lento y difícil paso avanzaba.

Tras una rápida ojeada a la incómoda persona, reanudó la lectura. La dama se sentó a su lado, y al hacerlo miró atentamente a Nébel. Este, aunque sentía de vez en cuando la mirada extranjera posada sobre él, prosiguió su lectura; pero al fin se cansó y levantó el rostro extrañado.

—Ya me parecía que era usted —exclamó la dama— aunque dudaba aún... No me recuerda, ¿no es cierto?

—Sí —repuso Nébel abriendo los ojos— la señora de

Arrizabalaga... Ella vio la sorpresa de Nébel, y sonrió con aire de vieja cortesana que trata aún de parecer bien a un muchacho.

De ella, cuando Nébel la conoció once años atrás, sólo quedaban los ojos, aunque más hundidos, y apagados ya. El cutis amarillo, con tonos verdosos en las sombras, se resquebrajaba en polvorientos surcos. Los pómulos saltaban ahora, y los labios, siempre gruesos, pretendían ocultar una dentadura del todo cariada. Bajo el cuerpo demacrado se veía viva a la morfina corriendo por entre los nervios agotados y las arterias acuosas, hasta haber convertido en aquel esqueleto, a la elegante mujer que un día hojeó la *Illustration* a su lado.

—Sí, estoy muy envejecida... y enferma; he tenido ya ataques a los riñones... y usted —añadió mirándolo con ternura— ¡siempre igual! Verdad es que no tiene treinta años aún... Lidia también está igual. Nébel levantó los ojos:

—¿Soltera?

—Sí... ¡Cuánto se alegrará cuando le cuente! ¿Por qué no le da ese gusto a la pobre? ¿No quiere ir a vernos?

—Con mucho gusto —murmuró Nébel.

—Sí, vaya pronto; ya sabe lo que hemos sido para... En fin, Boedo, 1483; departamento 14... Nuestra posición es tan mezquina...

—¡Oh! —protestó él, levantándose para irse. Prometió ir muy pronto. Doce días después Nébel debía volver al ingenio, y antes quiso cumplir su promesa. Fue allá —un miserable departamento de arrabal—. La señora de Arrizabalaga lo recibió, mientras Lidia se arreglaba un poco.

—¡Conque once años! —observó de nuevo la madre—. ¡Cómo pasa el tiempo! ¡Y usted que podría tener una infinidad de hijos con Lidia!

—Seguramente —sonrió Nébel, mirando a su rededor.

—¡Oh! ¡no estamos muy bien! Y sobre todo como debe estar puesta su casa... Siempre oigo hablar de sus cañaverales... ¿Es ese su único establecimiento?

—Sí,... en Entre Ríos también...

—¡Qué feliz! Si pudiera uno... Siempre deseando ir a pasar unos meses en el campo, y siempre con el deseo!

Se calló, echando una fugaz mirada a Nébel. Este con el corazón apretado, revivía nítidas las impresiones enterradas once años en su alma.

—Y todo esto por falta de relaciones... ¡Es tan difícil tener un amigo en esas condiciones!

El corazón de Nébel se contraía cada vez más, y Lidia entró. Estaba también muy cambiada, porque el encanto de un candor y una frescura de los catorce años, no se vuelve a hallar más en la mujer de veintiséis. Pero bella siempre. Su olfato masculino sintió en la mansa tranquilidad de su mirada, en su cuello mórbido, y en todo lo indefinible que denuncia al hombre el amor ya gozado, que debía guardar velado para siempre, el recuerdo de la Lidia que conoció. Hablaron de cosas muy triviales, con perfecta discreción de personas maduras. Cuando ella salió de nuevo un momento, la madre reanudó:

—Sí, está un poco débil... Y cuando pienso que en el campo se repondría en seguida... Vea, Octavio: ¿me permite ser franca con usted? Ya sabe que lo he querido como a un hijo... ¿No podríamos pasar una temporada en su establecimiento? ¡Cuánto bien le haría a Lidia!

—Soy casado —repuso Nébel.

La señora tuvo un gesto de viva contrariedad, y por un instante su decepción fue sincera; pero en seguida cruzó sus manos cómicas:

—¡Casado, usted! ¡Oh, qué desgracia, qué desgracia!

¡Perdóneme, ya sabe!... No sé lo que digo... ¿Y su señora vive con usted en el ingenio?

—Sí, generalmente... Ahora está en Europa.

—¡Qué desgracia! Es decir... ¡Octavio! —añadió abriendo los brazos con lágrimas en los ojos—: a usted le puedo contar, usted ha sido casi mi hijo... ¡Estamos poco menos que en la miseria! ¿Por qué no quiere que vaya con Lidia? Voy a tener con usted una confesión de madre —concluyó con una pastosa sonrisa y bajando la voz—: usted conoce bien el corazón de Lidia, ¿no es cierto?

Esperó respuesta, pero Nébel permaneció callado.

—¡Sí, usted la conoce! ¿Y cree que Lidia es mujer capaz de olvidar cuando ha querido?

Ahora había reforzado su insinuación con una leve guiñada. Nébel valoró entonces de golpe el abismo en que pudo haber caído antes. Era siempre la misma madre, pero ya envilecida por su propia alma vieja, la morfina y la pobreza. Y Lidia... Al verla otra vez había sentido un brusco golpe de deseo por la mujer actual de garganta llena y ya estremecida. Ante el tratado comercial que le ofrecían, se echó en brazos de aquella rara conquista que le deparaba el destino.

—¿No sabes, Lidia? —prorrumpió alborozada, al volver su hija— Octavio nos invita a pasar una temporada en su establecimiento. ¿Qué te parece?

Lidia tuvo una fugitiva contracción de las cejas y recuperó su serenidad.

—Muy bien, mamá...

—¡Ah! ¿no sabes lo qué dice? Está casado. ¡Tan joven aún! Somos casi de su familia...

Lidia volvió entonces los ojos a Nébel, y lo miró un momento con dolorosa gravedad.

—¿Hace tiempo? —murmuró.

—Cuatro años —repuso él en voz baja. A pesar de todo, le faltó ánimo para mirarla.

INVIERNO

No hicieron el viaje juntos, por último escrúpulo de casado en una línea donde era muy conocido; pero al salir de la estación subieron en el brec de la casa. Cuando Nébel quedaba solo en el ingenio, no guardaba a su servicio doméstico más que a una vieja india, pues —a más de su propia frugalidad— su mujer se llevaba consigo toda la servidumbre. De este modo presentó sus acompañantes a la fiel nativa como una tía anciana y su hija, que venían a recobrar la salud perdida.

Nada más creíble, por otro lado, pues la señora decaía vertiginosamente. Había llegado deshecha, el pie incierto y pesadísimo, y en su facies angustiosa la morfina, que había sacrificado cuatro horas seguidas a ruego de Nébel, pedía a gritos una corrida por dentro de aquel cadáver viviente.

Nébel, que cortara sus estudios a la muerte de su padre, sabía lo suficiente para prever una rápida catástrofe; el riñón, íntimamente atacado, tenía a veces paros peligrosos que la morfina no hacía sino precipitar.

Ya en el coche, no pudiendo resistir más, había mirado a Nébel con transida angustia:

—Si me permite, Octavio... ¡no puedo más! Lidia, ponte delante. La hija, tranquilamente, ocultó un poco a su madre, y Nébel oyó el crujido de la ropa violentamente recogida para pinchar el muslo. Súbitamente los ojos se encendieron, y una plenitud de vida cubrió como una máscara aquella cara agónica.

—Ahora estoy bien... ¡qué dicha! Me siento bien.

—Debería dejar eso —dijo rudamente Nébel, mirándola de costado.— Al llegar, estará peor.

—¡Oh, no! Antes morir aquí mismo.

Nébel pasó todo el día disgustado, y decidido a vivir cuanto le fuera posible sin ver en Lidia y su madre más que dos pobres enfermas. Pero al caer la tarde, y como las fieras que empiezan a esa hora a afilar las uñas, el celo de varón comenzó a relajarle la cintura en lasos escalofríos.

Comieron temprano, pues la madre, quebrantada, deseaba acostarse de una vez. No hubo tampoco medio de que tomara exclusivamente leche.

—¡Huy! ¡qué repugnancia! No la puedo pasar. ¿Y quiere que sacrifique los últimos años de mi vida, ahora que podría morir contenta?

Lidia no pestañeó. Había hablado con Nébel pocas palabras, y sólo al fin del café la mirada de éste se clavó en la de ella; pero Lidia bajó la suya en seguida.

Cuatro horas después Nébel abría sin ruido la puerta del cuarto de Lidia.

—¡Quién es! —sonó de pronto la voz azorada.

—Soy yo —murmuró Nébel en voz apenas sensible.

Un movimiento de ropas, como el de una persona que se sienta bruscamente en la cama, siguió a sus palabras, y el silencio reinó de nuevo. Pero cuando la mano de Nébel tocó en la oscuridad un brazo tibio, el cuerpo tembló entonces en una honda sacudida.

* * *

Luego, inerte al lado de aquella mujer que ya había conocido el amor antes que él llegara, subió de lo más recóndito del alma de Nébel, el santo orgullo de su adolescencia de no haber tocado jamás, de no haber robado ni un beso siquiera, a la criatura que lo miraba con radiante candor. Pensó en las palabras de Dostoievsky, que hasta ese momento no había comprendido: «Nada hay más bello y que fortalezca más en la vida, que un puro recuerdo». Nébel lo había guardado, ese recuerdo sin mancha, pureza inmaculada de sus dieciocho años, y que ahora estaba allí, enfangado hasta el cáliz sobre una cama de sirvienta...

Sintió entonces sobre su cuello dos lágrimas pesadas, silenciosas. Ella a su vez recordaría... Y las lágrimas de Lidia continuaban una tras otra, regando como una tumba el abominable fin de su único sueño de felicidad.

II

Durante diez días la vida prosiguió en común, aunque Nébel estaba casi todo el día afuera. Por tácito acuerdo, Lidia y él se encontraban muy pocas veces solos, y aunque de noche volvían a verse, pasaban aún entonces largo tiempo callados.

Lidia tenía ella misma bastante qué hacer cuidando a su madre, postrada al fin. Como no había posibilidad de reconstruir lo ya podrido, y aún a trueque del peligro inmediato que ocasionara, Nébel pensó en suprimir la morfina. Pero se abstuvo una mañana que entró bruscamente en el comedor, al sorprender a Lidia que se bajaba precipitadamente las faldas. Tenía en la mano la jeringuilla, y fijó en Nébel su mirada espantada.

—¿Hace mucho tiempo que usas eso? —le preguntó él al fin.

—Sí —murmuró Lidia, doblando en una convulsión la aguja.

Nébel la miró aún y se encogió de hombros.

Si embargo, como la madre repetía sus inyecciones con una frecuencia terrible para ahogar los dolores de su riñón que la morfina concluía de matar, Nébel se decidió a intentar la salvación de aquella desgraciada, sustrayéndole la droga.

—¡Octavio! ¡me va a matar! —clamó ella con ronca súplica.— ¡Mi hijo Octavio! ¡no podría vivir un día!

—¡Es que no vivirá dos horas si le dejo eso! —cortó Nébel.

—¡No importa, mi Octavio! ¡Dame, dame la morfina!

Nébel dejó que los brazos se tendieran inútilmente a él, y salió con Lidia.

—¿Tú sabes la gravedad del estado de tu madre?

—Sí... Los médicos me habían dicho...

El la miró fijamente.

—Es que está mucho peor de lo que imaginas.

Lidia se puso lívida, y mirando afuera entrecerró los ojos y se mordió los labios en un casi sollozo.

—¿No hay médico aquí? —murmuró.

—Aquí no, ni en diez leguas a la redonda; pero buscaremos.

Esa tarde llegó el correo cuando estaban solos en el comedor, y Nébel abrió una carta.

—¿Noticias? —preguntó Lidia levantando inquieta los ojos a él.

—Sí —repuso Nébel, prosiguiendo la lectura.

—¿Del médico? —volvió Lidia al rato, más ansiosa aún.

—No, de mi mujer —repuso él con la voz dura, sin levantar los ojos.

A las diez de la noche Lidia llegó corriendo a la pieza de Nébel.

—¡Octavio! ¡mamá se muere!...

Corrieron al cuarto de la enferma. Una intensa palidez cadaverizaba ya el rostro. Tenía los labios desmesuradamente hinchados y azules, y por entre ellos se escapaba un remedo de palabra, gutural y a boca llena:

—Pla... pla... pla...

Nébel vio en seguida sobre el velador el frasco de morfina, casi vacío.

—¡Es claro, se muere! ¿Quién le ha dado esto? —preguntó.

—¡No sé, Octavio! Hace un rato sentí ruido... Seguramente lo fue a buscar a tu cuarto cuando no estabas... ¡Mamá, pobre mamá! —cayó sollozando sobre el miserable brazo que pendía hasta el piso.

Nébel la pulsó; el corazón no daba más, y la temperatura caía. Al rato los labios callaron su pla... pla, y en la piel aparecieron grandes manchas violeta.

A la una de la mañana murió. Esa tarde, tras el entierro, Nébel esperó que Lidia concluyera de vestirse, mientras los peones cargaban las valijas en el carruaje.

—Toma esto —le dijo cuando se aproximó a él, tendiéndole un cheque de diez mil pesos.

Lidia se estremeció violentamente, y sus ojos enrojecidos se fijaron de lleno en los de Nébel. Pero éste sostuvo la mirada.

—¡Toma, pues! —repitió sorprendido.

Lidia lo tomó y se bajó a recoger su valijita. Nébel se inclinó sobre ella.

—Perdóname —le dijo—. No me juzgues peor de lo que soy.

En la estación esperaron un rato y sin hablar, junto a la

escalerilla del vagón, pues el tren no salía aún. Cuando la campana sonó, Lidia le tendió la mano y se dispuso a subir. Nébel la oprimió, y quedó un largo rato sin soltarla, mirándola. Luego, avanzando, recogió a Lidia de la cintura y la besó hondamente en la boca.

El tren partió. Inmóvil, Nébel siguió con la vista la ventanilla que se perdía.

Pero Lidia no se asomó.

Anaconda

Capítulo I

Eran las diez de la noche y hacía un calor sofocante. El tiempo cargado pesaba sobre la selva, sin un soplo de viento. El cielo de carbón se entreabría de vez en cuando en sordos relámpagos de un extremo a otro del horizonte; pero el chubasco silbante del sur estaba aún lejos.

Por un sendero de vacas en pleno espartillo blanco, avanzaba Lanceolada, con la lentitud genérica de las víboras. Era una hermosísima yarará de un metro cincuenta, con los negros ángulos de su flanco bien cortados en sierra, escama por escama. Avanzaba tanteando la seguridad del terreno con la lengua, que en los ofidios reemplaza perfectamente a los dedos. Iba de caza. Al llegar a un cruce de senderos se detuvo, se arrolló prolijamente sobre sí misma removióse aún un momento acomodándose y después de bajar la cabeza al nivel de sus anillos, asentó la mandíbula inferior y esperó inmóvil. Minuto tras minuto esperó cinco horas. Al cabo de este tiempo continuaba en igual inmovilidad. ¡Mala noche! Comenzaba a romper el día e iba a retirarse, cuando cambió de idea. Sobre el cielo lívido del este se recortaba una inmensa sombra.

—Quisiera pasar cerca de la Casa —se dijo la yarará—. Hace días que siento ruido, y es menester estar alerta....

Y marchó prudentemente hacia la sombra.

La casa a que hacía referencia Lanceolada era un viejo edificio de tablas rodeado de corredores y todo blanqueado. En torno se levantaban dos o tres galpones. Desde tiempo inmemorial el edificio había estado deshabitado. Ahora se sentían ruidos insólitos, golpes de fierros, relinchos de caballo, conjunto de cosas en que trascendía a la legua la presencia del Hombre. Mal asunto...

Pero era preciso asegurarse, y Lanceolada lo hizo mucho más pronto de lo que hubiera querido.

Un inequívoco ruido de puerta abierta llegó a sus oídos. La víbora irguió la cabeza, y mientras notaba que una rubia claridad en el horizonte anunciaba la aurora, vio una angosta sombra, alta y robusta, que avanzaba hacia ella. Oyó también el ruido de las pisadas —el golpe seguro, pleno, enormemente distanciado que denunciaba también a la legua al enemigo.

—¡El Hombre! —murmuró Lanceolada. Y rápida como el rayo se arrolló en guardia.

La sombra estuvo sobre ella. Un enorme pie cayó a su lado, y la yarará, con toda la violencia de un ataque al que jugaba la vida, lanzó la cabeza contra aquello y la recogió a la posición anterior. El Hombre se detuvo: había creído sentir un golpe en las botas. Miró el yuyo a su rededor sin mover los pies de su lugar; pero nada vio en la oscuridad apenas rota por el vago día naciente, y siguió adelante.

Pero Lanceolada vio que la Casa comenzaba a vivir, esta vez real y efectivamente con la vida del Hombre. La yarará emprendió la retirada a su cubil llevando consigo la seguridad de que aquel acto nocturno no era sino el prólogo, del gran drama a desarrollarse en breve.

Capítulo II

Al día siguiente, la primera preocupación de Lanceolada fue el peligro que con la llegada del Hombre se cernía sobre la Familia entera. Hombre y Devastación son sinónimos desde tiempo inmemorial en el Pueblo entero de los Animales. Para las víboras en particular, el desastre se personificaba en dos horrores: el machete escudriñando, revolviendo el vientre mismo de la selva, y el fuego aniquilando el bosque en seguida, y con él los recónditos cubiles.

Tornábase, pues, urgente prevenir aquello. Lanceolada esperó la nueva noche para ponerse en campaña. Sin gran trabajo halló a dos compañeras, que lanzaron la voz de alarma. Ella, por su parte, recorrió hasta las doce los lugares más indicados para un feliz encuentro, con suerte tal que a las dos de la mañana el Congreso se hallaba, si no en pleno, por lo menos con mayoría de especies para decidir qué se haría.

En la base de un murallón de piedra viva, de cinco metros de altura, y en pleno bosque, desde luego, existía una caverna disimulada por los helechos que obstruían casi la entrada. Servía de guarida desde mucho tiempo atrás a Terrífica, una serpiente de cascabel, vieja entre las viejas, cuya cola contaba treinta y dos cascabeles. Su largo no pasaba de un metro cuarenta, pero en cambio su grueso alcanzaba al de una botella. Magnífico ejemplar, cruzada de rombos amarillos; vigorosa, tenaz, capaz de quedar siete horas en el mismo lugar frente al enemigo, pronta a enderezar los colmillos con canal interno que son, como se sabe, si no los más grandes, los más admirablemente constituidos de todas las serpientes venenosas.

Fue allí en consecuencia donde, ante la inminencia del peligro y presidido por la víbora de cascabel, se reunió el Congreso de las Víboras. Estaban allí, fuera de Lanceolada y Terrífica, las demás yararás del país: La pequeña Coatiarita, benjamín de la Familia, con La línea rojiza de sus costados bien visible y su cabeza particularmente afilada. Estaba allí, negligentemente tendida como si se tratara de todo menos de hacer admirar las curvas blancas y cafés de su lomo sobre largas bandas color salmón, la esbelta Neuwied, dechado de belleza, y que había guardado para sí el nombre del naturalista que determinó su especie. Estaba Cruzada —que en el sur llaman víbora de La cruz—, potente y audaz rival de Neuwied en punto a belleza de dibujo. Estaba Atroz, de nombre suficientemente fatídico; y por último, Urutú Dorado, la yararacusú, disimulando discretamente en el fondo de La caverna sus ciento setenta centímetro s de terciopelo negro cruzado oblicuamente por bandas de oro.

Es de notar que las especies del formidable género Lachesis, o yararás, a que pertenecían todas las congresales menos Terrífica, sostienen una vieja rivalidad por la belleza del dibujo y el color. Pocos seres, en efecto, tan bien dotados como ellos. Según las leyes de las víboras, ninguna especie poco abundante y sin dominio real en el país puede presidir las asambleas del Imperio. Por esto Urutú Dorado, magnífico animal de muerte, pero cuya especie es más bien rara, no pretendía este honor, cediéndolo de buen grado a la víbora de cascabel, más débil, pero que abunda milagrosamente.

El Congreso estaba, pues, en mayoría, y Terrífica abrió la sesión.

—¡Compañeras! —dijo—. Hemos sido todas enteradas por Lanceolada de la presencia nefasta del Hombre. Creo interpretar el anhelo de todas nosotras, al tratar de salvar nuestro Imperio de la invasión enemiga. Sólo un medio cabe, pues la experiencia nos dice que el abandono del terreno no remedia nada. Este medio, ustedes lo saben bien, es la guerra al Hombre, sin tregua ni cuartel, desde esta noche misma, a la cual cada especie aportará sus virtudes. Me halaga en esta circunstancia olvidar mi especificación humana: no soy ahora una serpiente de cascabel; soy una yarará, como ustedes. Las yararás, que tienen a la Muerte por negro pabellón. ¡Nosotras somos la Muerte, compañeras! Y entre tanto, que alguna de las presentes proponga un plan de campaña.

Nadie ignora, por lo menos en el Imperio de las Víboras, que todo lo que Terrífica tiene de largo en sus colmillos, lo tiene de corto en su inteligencia. Ella lo sabe también, y aunque incapaz por lo tanto de idear plan alguno, posee, a fuerza de vieja reina, el suficiente tacto para callarse.

Entonces Cruzada, desperezándose, dijo:

—Soy de la opinión de Terrífica, y considero que mientras no tengamos un plan, nada podemos ni debemos hacer. Lo que lamento es la falta en este Congreso de nuestras primas sin veneno: las Culebras.

Se hizo un largo silencio. Evidentemente, la proposición no halagaba a las víboras. Cruzada se sonrió de un modo vago y continuó:

—Lamento lo que pasa. Pero quisiera solamente recordar esto: Si entre todas nosotras pretendiéramos vencer a una culebra, no lo conseguiríamos. Nada más quiero decir.

—Si es por su resistencia al veneno —objetó perezosamente Urutú Dorado, desde el fondo del antro—, creo que yo sola me encargaría de desengañarlas.

—No se trata de veneno —replicó desdeñosamente Cruzada—. Yo también me bastaría... —agregó con una mirada de reojo a la yararacusú—. Se trata de su fuerza, de su destreza, de su nerviosidad, como quiera llamársele. Cualidades de lucha que nadie pretenderá negar a nuestras primas. Insisto en que en una campaña como la que queremos emprender, las serpientes nos serán de gran utilidad; más: de imprescindible necesidad.

Pero la proposición desagradaba siempre.

—¿Por qué las culebras? —exclamó Atroz—. Son despreciables.

—Tienen ojos de pescado—agregó la presuntuosa Coatiarita.

—¡Me dan asco! —protestó desdeñosamente Lanceolada.

—Tal vez sea otra cosa la que te dan.... —murmuró Cruzada mirándola de reojo.

—¿A mí? —silbó Lanceolada, irguiéndose—. ¡Te advierto que haces mala figura aquí, defendiendo a esos gusanos corredores!

—Si te oyen las Cazadoras... —murmuró irónicamente Cruzada.

Pero al oír este nombre, Cazadoras, la asamblea entera se agitó.

—¡No hay para qué decir eso! —gritaron—. ¡Ellas son culebras, y nada más!

—¡Ellas se llaman a sí mismas las Cazadoras! —replicó secamente Cruzada—. Y estamos en Congreso.

También desde tiempo inmemorial es fama entre las víboras la rivalidad particular de las dos yararás: Lanceolada,

142

hija del extremo norte, y Cruzada, cuyo hábitat se extiende más al sur. Cuestión de coquetería en punto a belleza, según las culebras.

—¡Vamos, vamos! —intervino Terrífica—. Que Cruzada explique para qué quiere la ayuda de las culebras, siendo así que no representan la Muerte como nosotras.

—¡Para esto! —replicó Cruzada ya en calma—. Es indispensable saber qué hace el Hombre en la casa; y para ello se precisa ir hasta allá, a la casa misma. Ahora bien, la empresa no es fácil, porque si el pabellón de nuestra especie es la Muerte, el pabellón del Hombre es también la Muerte, y bastante más rápida que la nuestra... Las culebras nos aventajan inmensamente en agilidad. Cualquiera de nosotras iría y vería. Pero ¿volvería? Nadie mejor para esto que la Ñacaniná. Estas exploraciones forman parte de sus hábitos diarios, y podría, trepada al techo, ver, oír y regresar a informarnos antes de que sea de día.

La proposición era tan razonable que esta vez la asamblea entera asintió, aunque con un resto de desagrado.

—¿Quién va a buscarla? —preguntaron varias voces.

Cruzada desprendió la cola de un tronco y se deslizó afuera.

—¡Voy yo! —dijo—. En seguida vuelvo.

—¡Eso es! —le lanzó Lanceolada de atrás—. ¡Tú que eres su protectora la hallarás en seguida!

Cruzada tuvo aún tiempo de volver la cabeza hacia ella, y le sacó la lengua, reto a largo plazo.

CAPÍTULO III

Cruzada halló a la Ñacaniná cuando ésta trepaba a un árbol.

—¡Eh, Ñacaniná! —llamó con un leve silbido.

La Ñacaniná oyó su nombre; pero se abstuvo prudentemente de contestar hasta nueva llamada.

—¡Ñacaniná! —repitió Cruzada, levantando medio tono su silbido.

—¿Quién me llama? —respondió la culebra.

—¡Soy yo, Cruzada!...

—¡Ah, la prima!.... ¿qué quieres, prima adorada?

—No se trata de bromas, Ñacaniná... ¿Sabes lo que pasa en la Casa?

—Sí, que ha llegado el Hombre... ¿qué más?

—Y, ¿sabes que estamos en Congreso?

—¡Ah, no; esto no lo sabía! —repuso la Ñacaniná deslizándose cabeza abajo contra el árbol, con tanta seguridad como si marchara sobre un plano horizontal—. Algo grave debe pasar para eso... ¿Qué ocurre?

—Por el momento, nada; pero nos hemos reunido en Congreso precisamente para evitar que nos ocurra algo. En dos palabras: se sabe que hay varios hombres en la Casa, y que se van a quedar definitivamente. Es la Muerte para nosotras.

144

—Yo creía que ustedes eran la Muerte por sí mismas... ¡No se cansan de repetirlo! —murmuró irónicamente la culebra.

—¡Dejemos esto! Necesitamos de tu ayuda, Ñacaniná.

—¿Para qué? ¡Yo no tengo nada que ver aquí!

—¿Quién sabe? Para desgracia tuya, te pareces bastante a nosotras; las Venenosas. Defendiendo nuestros intereses, defiendes los tuyos.

—¡Comprendo! —repuso la Ñacanina después de un momento en el que valoró la suma de contingencias desfavorables para ella por aquella semejanza.

—Bueno; ¿contamos contigo?

—¿Qué debo hacer?

—Muy poco. Ir en seguida a la Casa, y arreglarte allí de modo que veas y oigas lo que pasa.

—¡No es mucho, no! —repuso negligentemente Ñacaniná, restregando la cabeza contra el tronco—. Pero es el caso agregó que allá arriba tengo la cena segura... Una pava del monte a la que desde anteayer se le ha puesto en el copete anidar allí.

—Tal vez allá encuentres algo que comer —la consoló suavemente Cruzada.

Su prima la miró de reojo.

—Bueno en marcha —reanudó la yarará—. Pasemos primero por el Congreso.

—¡Ah, no! —protestó la Ñacaniná—. ¡Eso no! ¡Les hago a ustedes el favor, y en paz! Iré al Congreso cuando vuelva.... si vuelvo. Pero ver antes de tiempo la cáscara rugosa de Terrífica, los ojos de ratón de Lanceolada y la cara estúpida de Coralina. ¡Eso, no!

—No está Coralina.

—¡No importa! Con el resto tengo bastante.

—¡Bueno, bueno! —repuso Cruzada, que no quería hacer hincapié—. Pero si no disminuyes un poco la marcha, no te sigo.

En efecto, aun a todo correr, la yarará no podía acompañar el deslizar veloz de la Ñacaniná.

—Quédate, ya estás cerca de las otras —contestó la culebra. Y se lanzó a toda velocidad, dejando en un segundo atrás a su prima Venenosa.

Capítulo IV

Un cuarto de hora después la Cazadora llegaba a su destino.

Velaban todavía en la Casa. Por las puertas, abiertas de par en par, salían chorros de luz, y ya desde lejos la Ñacaniná pudo ver cuatro hombres sentados alrededor de la mesa.

Para llegar con impunidad sólo faltaba evitar el problemático tropiezo con un perro. ¿Los habría? Mucho lo temía Ñacaniná. Por esto deslizóse adelante con gran cautela, sobre todo cuando llegó ante el corredor.

Ya en él, observó con atención. Ni enfrente, ni a la derecha, ni a la izquierda había perro alguno. Sólo allá, en el corredor opuesto y que la culebra podía ver por entre las piernas de los hombres, un perro negro dormía echado de costado.

—La plaza, pues, estaba libre. Como desde el lugar en que se encontraba podía oír, pero no ver el panorama entero de los hombres hablando, la Culebra, tras una ojeada arriba, tuvo lo que deseaba en un momento. Trepó por una escalera recostada a la pared bajo el corredor y se instaló en el espacio libre entre pared y techo, tendida sobre el tirante. Pero por más precauciones que tomara al deslizarse, un viejo clavo cayó al suelo y un hombre levantó los ojos.

147

—¡Se acabó! —se dijo Ñacaniná, conteniendo la respiración.

Otro hombre miró también arriba.

—¿Qué hay? —preguntó.

—Nada —repuso el primero Me pareció ver algo negro por allá.

—Una rata.

—Se equivocó el Hombre —murmuró para sí la culebra.

—Alguna Ñacaniná.

—Acertó el otro Hombre —murmuró de nuevo la aludida, aprestándose a la lucha.

Pero los hombres bajaron de nuevo la vista, y la Ñacaniná vio y oyó durante media hora.

Capítulo V

L a Casa, motivo de preocupación de la selva, habíase convertido en establecimiento científico de la más grande importancia.

Conocida ya desde tiempo atrás la particular riqueza en víboras de aquel rincón del territorio, el Gobierno de la Nación había decidido la creación de un Instituto de Seroterapia Ofídica, donde se prepararían sueros contra el veneno de las víboras. La abundancia de éstas es un punto capital, pues nadie ignora que la carencia de víboras de que extraer el veneno es el principal inconveniente para una vasta y segura preparación del suero.

El nuevo establecimiento podía comenzar casi en seguida, porque contaba con dos animales —un caballo y una mula— ya en vías de completa inmunización. Habíase logrado organizar el laboratorio y el serpentario Este último prometía enriquecerse de un modo asombroso, por más que el Instituto hubiera llevado consigo no pocas serpientes venenosas, las mismas que servían para inmunizar a los animales citados. Pero si se tiene en cuenta que un caballo, en su último grado de inmunización, necesita seis gramos de veneno en cada inyección (cantidad suficiente desde para matar doscientos cincuenta caballos), se comprenderá que deba ser muy grande el número de víboras en disponibilidad que requiere un Instituto del género.

Los días, duros al principio, de una instalación en la selva, mantenían al personal superior del Instituto en vela hasta media noche, entre planes de laboratorio y demás.

—Y los caballos, ¿cómo están hoy? —preguntó uno, de lentes negros, y que parecía ser el jefe del Instituto.

—Muy caídos —repuso otro—. Si no podemos hacer una buena recolección en estos días...

La Ñacaniná, inmóvil sobre el tirante, ojos y oídos alertos, comenzaba a tranquilizarse.

—Me parece —Se dijo— que las primas venenosas se han llevado un susto magnífico. De estos hombres no hay gran cosa que temer....

Y avanzando más la cabeza, a tal punto que su nariz pasaba ya de la línea del tirante, observó con más atención.

Pero un contratiempo evoca otro.

—Hemos tenido hoy un día malo —agregó uno—. Cinco tubos de ensayo se han roto....

La Ñacaniná sentíase cada vez más inclinada a la compasión. —¡Pobre gente! —murmuró—. Se les han roto cinco tubos...

Y se disponía o abandonar su escondite para explorar aquella inocente casa, cuando oyó:

—En cambio, las víboras están magníficas... Parece sentarles el país.

—¿Eh? —dio una sacudida la culebra, jugando velozmente con la lengua—. ¿Qué dice ese pelado de traje blanco?

Pero el hombre proseguía:

Para ellas, sí, el lugar me parece ideal... Y las necesitamos urgentemente, los caballos y nosotros.

—Por suerte, vamos a hacer una famosa cacería de víboras en este país. No hay duda de que es el país de las víboras.

—Hum..., hum..., hum... —murmuró Ñacaniná, arrollándose en el tirante cuanto le fue posible— Las cosas comienzan a ser un poco distintas... Hay que quedar un poco más con esta buena gente... Se aprenden cosas curiosas.

Tantas cosas curiosas oyó, que cuando, al cabo de media hora, quiso retirarse, el exceso de sabiduría adquirida le hizo hacer un falso movimiento, y la tercera parte de su cuerpo cayó, golpeando la pared de tablas. Como había caído de cabeza, en un instante la tuvo enderezada hacia la mesa, la lengua vibrante.

La Ñacaniná, cuyo largo puede alcanzar a tres metros, es valiente, con seguridad la más valiente de nuestras serpientes. Resiste un ataque serio del hombre, que es inmensamente mayor que ella, y hace frente siempre. Como su propio coraje le hace creer que es muy temida, la nuestra se sorprendió un poco al ver que los hombres, enterados de lo que se trataba, se echaban a reír tranquilos.

—Es una Ñacaniná... Mejor; así nos limpiará la casa de ratas.

—¿Ratas?... —silbó la otra. Y como continuaba provocativa, un hombre se levantó al fin.

—Por útil que sea, no deja de ser un mal bicho... Una de estas noches la voy a encontrar buscando ratones dentro de mi cama...

Y cogiendo un palo próximo, lo lanzó contra la Ñacaniná a todo vuelo. El palo pasó silbando junto a la cabeza de la intrusa y golpeó con terrible estruendo la pared.

Hay ataque y ataque. Fuera de la selva y entre cuatro hombres, la Ñacaniná no se hallaba a gusto. Se retiró a escape, concentrando toda su energía en la cualidad que, conjuntamente con el valor, forman sus dos facultades primas: la velocidad para correr.

Perseguida por los ladridos del perro, y aun rastreada buen trecho por éste —lo que abrió nueva luz respecto a las gentes aquellas—, la culebra llegó a la caverna. Pasó por encima de Lanceolada y Atroz, y se arrolló a descansar, muerta de fatiga.

Capítulo VI

Por fin! —exclamaron todas, rodeando a la exploradora—. Creíamos que te ibas a quedar con tus amigos los hombres...

—¡Hum!... —murmuró Ñacaniná.

—¿Qué nuevas nos traes? —preguntó Terrífica.

—¿Debemos esperar un ataque, o no tomar en cuenta a los Hombres?

—Tal vez fuera mejor esto... Y pasar al otro lado del río repuso Ñacaniná.

—¿Qué?... ¿Cómo?... —saltaron todas—. ¿Estás loca?

—Oigan, primero. —¡Cuenta, entonces!

Y Ñacaniná contó todo lo que había visto y oído: la instalación del Instituto Seroterápico, sus planes, sus fines y la decisión de los hombres de cazar cuanta víbora hubiera en el país.

—¡Cazarnos! —saltaron Urutú Dorado, Cruzada y Lanceolada, heridas en lo más vivo de su orgullo—. ¡Matarnos, querrás decir!

—¡No! ¡Cazarlas, nada más! Encerrarlas, darles bien de comer y extraerles cada veinte días el veneno. ¿Quieren vida más dulce?

La asamblea quedó estupefacta. Ñacaniná había explicado muy bien el fin de esta recolección de veneno; pero lo que no había explicado eran los medios para llegar a obtener el suero.

¡Un suero antivenenoso! Es decir, la curación asegurada, la inmunización de hombres y animales contra la mordedura; la Familia entera condenada a perecer de hambre en plena selva natal.

—¡Exactamente! —apoyó Ñacaniná—. No se trata sino de esto.

Para la Ñacaniná, el peligro previsto era mucho menor. ¿Qué le importaba a ella y sus hermanas las cazadoras— a ellas, que cazaban a diente limpio, a fuerza de músculos que los animales estuvieran o no inmunizados? Un solo punto obscuro veía ella, y es el excesivo parecido de una culebra con una víbora, que favorecía confusiones mortales. De ahí el interés de la culebra en suprimir el Instituto.

—Yo me ofrezco a empezar la campaña —dijo Cruzada.

—¿Tienes un plan? —preguntó ansiosa Terrífica, siempre falta de ideas.

—Ninguno. Iré sencillamente mañana en la tarde a tropezar con alguien.

—¡Ten cuidado! —le dijo Ñacaniná, con voz persuasiva—. Hay varias jaulas vacías... ¡Ah, me olvidaba! —agregó, dirigiéndose a Cruzada—. Hace un rato, cuando salí de allí... Hay un perro negro muy peludo... Creo que sigue el rastro de una víbora... ¡Ten cuidado!

—¡Allá veremos! Pero pido que se llame a Congreso pleno para mañana en la noche. Si yo no puedo asistir, tanto peor...

Mas la asamblea había caído en nueva sorpresa.

—¿Perro que sigue nuestro rastro?... ¿Estás segura?

—Casi. ¡Ojo con ese perro, porque puede hacemos más daño que todos los hombres juntos!

—Yo me encargo de él —exclamó Terrífica, contenta de (sin mayor esfuerzo mental) poder poner en juego sus glándulas de veneno, que a la menor contracción nerviosa se escurría por el canal de los colmillos.

Pero ya cada víbora se disponía a hacer correr la palabra en su distrito, y a Ñacaniná, gran trepadora, se le encomendó especialmente llevar la voz de alerta a los árboles, reino preferido de las culebras.

A las tres de la mañana la asamblea se disolvió. Las víboras, vueltas a la vida normal, se alejaron en distintas direcciones, desconocidas ya las unas para las otras, silenciosas, sombrías, mientras en el fondo de la caverna la serpiente de cascabel quedaba arrollada e inmóvil fijando sus duros ojos de vidrio en un ensueño de mil perros paralizados.

Capítulo VII

Era la una de la tarde. Por el campo de fuego, al resguardo de las matas de espartillo, se arrastraba Cruzada hacia la Casa. No llevaba otra idea, ni creía necesaria tener otra, que matar al primer hombre que se pusiera a su encuentro. Llegó al corredor y se arrolló allí, esperando. Pasó así media hora. El calor sofocante que reinaba desde tres días atrás comenzaba a pesar sobre los ojos de la yarará, cuando un temblor sordo avanzó desde la pieza. La puerta estaba abierta, y ante la víbora, a treinta centímetros de su cabeza, apareció el perro, el perro negro y peludo, con los ojos entornados de sueño.

—¡Maldita bestia!... —se dijo Cruzada—. Hubiera preferido un hombre.

En ese instante el perro se detuvo husmeando y volvió la cabeza... ¡Tarde ya! Ahogó un aullido de sorpresa y movió desesperadamente el hocico mordido.

—Ya tiene éste su asunto listo... —murmuró Cruzada, replegándose de nuevo. Pero cuando el perro iba a lanzarse sobre la víbora, sintió los pasos de su amo y se arqueó ladrando a la yarará. El hombre de los lentes ahumados apareció junto a Cruzada.

—¿Qué pasa? —preguntaron desde el otro corredor.

—Una Alternatus... Buen ejemplar —respondió el

156

hombre. Y antes que la víbora hubiera podido defenderse, sintióse estrangulada en una especie de prensa afirmada al extremo de un palo.

La yarará crujió de orgullo al verse así; lanzó su cuerpo a todos lados, trató en vano de recoger el cuerpo y arrollarlo en el palo. Imposible; le faltaba el punto de apoyo en la cola, el famoso punto de apoyo sin el cual una poderosa boa se encuentra reducida a la más vergonzosa impotencia. El hombre la llevó así colgando, y fue arrojada en el Serpentario.

Constituíalo un simple espacio de tierra cercado con chapas de cinc liso, provisto de algunas jaulas, y que albergaba a treinta o cuarenta víboras. Cruzada cayó en tierra y se mantuvo un momento arrollada y congestionada bajo el sol de fuego.

La instalación era evidentemente provisional; grandes y chatos cajones alquitranados servían de bañadera a las víboras, y varias casillas y piedras amontonadas ofrecían reparo a los huéspedes de ese paraíso improvisado.

Un instante después la yarará se veía rodeada y pasada por encima por cinco o seis compañeras que iban a reconocer su especie.

Cruzada las conocía a todas; pero no así a una gran víbora que se bañaba en una jaula cerrada con tejido de alambre. ¿Quién era? Era absolutamente desconocida para la yarará. Curiosa a su vez se acercó lentamente.

Se acercó tanto, que la otra se irguió. Cruzada ahogó un silbido de estupor, mientras caía en guardia, arrollada. La gran víbora acababa de hinchar el cuello, pero monstruosamente, como jamás había visto hacerlo a nadie. Quedaba realmente extraordinaria así.

—¿Quién eres? —murmuró Cruzada—. ¿Eres de las

nuestras? Es decir, venenosa. La otra, convencida de que no había habido intención de ataque en la aproximación de la yarará, aplastó sus dos grandes orejas.

—Sí —repuso—. Pero no de aquí; muy lejos... de la India.

—¿Cómo te llamas?

—Hamadrías... o cobra capelo real.

—Yo soy Cruzada.

—Sí, no necesitas decirlo. He visto muchas hermanas tuyas ya... ¿Cuándo te cazaron?

—Hace un rato... No pude matar.

—Mejor hubiera sido para ti que te hubieran muerto...

—Pero maté al perro.

—¿Qué perro? ¿El de aquí?

—Sí.

La cobra real se echó a reír, a tiempo que Cruzada tenia una nueva sacudida: el perro lanudo que creía haber matado estaba ladrando...

—¿Te sorprende, eh? —agregó Hamadrías—. A muchas les ha pasado lo mismo.

—Pero es que lo mordí en la cabeza... —contestó Cruzada, cada vez más aturdida—. No me queda una gota de veneno —concluyó—. Es patrimonio de las yararás vaciar casi en una mordida sus glándulas.

—Para él es lo mismo que te hayas vaciado no...

—¿No puede morir?

—Sí, pero no por cuenta nuestra... Está inmunizado. Pero tú no sabes lo que es esto...

—¡Sé! —repuso vivamente Cruzada—. Ñacaniná nos contó.

La cobra real la consideró entonces atentamente.

—Tú me pareces inteligente...

—¡Tanto como tú..., por lo menos! —replicó Cruzada.

El cuello de la asiática se expandió bruscamente de nuevo, y de nuevo la yarará cayó en guardia.

Ambas víboras se miraron largo rato, y el capuchón de la cobra bajó lentamente.

—Inteligente y valiente —murmuró Hamadrías—. A ti se te puede hablar... ¿Conoces el nombre de mi especie?

—Hamadrías, supongo.

—O ñaja búngaro... o cobra capelo real. Nosotras somos respecto de la vulgar cobra capelo de la India, lo que tú respecto de una de esas coatiaritas... Y ¿sabes de qué nos alimentamos?

—No.

—De víboras americanas..., entre otras cosas —concluyó balanceando la cabeza ante la Cruzada.

Esta apreció rápidamente el tamaño de la extranjera ofiófaga.

—¿Dos metros cincuenta?... —preguntó.

—Sesenta... dos sesenta, pequeña Cruzada —repuso la otra, que había seguido su mirada.

—Es un buen tamaño... Más o menos, el largo de Anaconda, una prima mía ¿Sabes de qué se alimenta?: de víboras asiáticas —y miró a su vez a Hamadrías.

—¡Bien contestado! —repuso ésta, balanceándose de nuevo. Y después de refrescarse la cabeza en el agua agregó perezosamente—: ¿Prima tuya, dijiste?

—Sí.

—¿Sin veneno, entonces?

—Así es... Y por esto justamente tiene gran debilidad por las extranjeras venenosas.

Pero la asiática no la escuchaba ya, absorta en sus pensamientos.

—¡Óyeme! —dijo de pronto—. ¡Estoy harta de hombres, perros, caballos y de todo este infierno de estupidez y crueldad! Tú me puedes entender, porque lo que es ésas... Llevo año y medio encerrada en una jaula como si fuera una rata, maltratada, torturada periódicamente. Y, lo que es peor, despreciada, manejada como un trapo por viles hombres... Y yo, que tengo valor, fuerza y veneno suficientes para concluir con todos ellos, estoy condenada a entregar mi veneno para la preparación de sueros antivenenosos. ¡No te puedes dar cuenta de lo que esto supone para mi orgullo! ¿Me entiendes? —concluyó mirando en los ojos a la yarará.

—Sí —repuso la otra—. ¿qué debo hacer?

—Una sola cosa; un solo medio tenemos de vengarnos. Acércate, que no nos oigan... Tú sabes la necesidad absoluta de un punto de apoyo para poder desplegar nuestra fuerza. Toda nuestra salvación depende de esto. Solamente...

—¿Qué?

La cobra real miró otra vez fijamente a Cruzada.

—Solamente que puedes morir...

—¿Sola?

—¡Oh, no! Ellos, algunos de los hombres también morirán...

—¡Es lo único que deseo! Continúa.

—Pero acércate aún... ¡Más cerca!

El diálogo continuó un rato en voz tan baja, que el cuerpo de la yarará frotaba, descamándose, contra las mallas de alambre. De pronto, la cobra se abalanzó y mordió por tres veces a Cruzada. Las víboras, que habían seguido de lejos el incidente, gritaron:

—¡Ya está! ¡Ya la mató! ¡Es una traicionera!

Cruzada, mordida por tres veces en el cuello, se arrastró pesadamente por el pasto. Muy pronto quedó inmóvil, y fue a ella a quien encontró el empleado del Instituto cuando, tres horas después, entró en el Serpentario. El hombre vio a la yarará, y empujándola con el pie, le hizo dar vuelta como a una soga y miró su vientre blanco.

—Está muerta, bien muerta... —murmuró—. Pero ¿de qué? —Y se agachó a observar a la víbora. No fue largo su examen: en el cuello y en la misma base de la cabeza notó huellas inequívocas de colmillos venenosos.

—¡Hum! —se dijo el hombre—. Esta no puede ser más que la hamadrías... Allí está, arrollada y mirándome como si yo fuera otra Alternatus... Veinte veces le he dicho al director que las mallas del tejido son demasiado grandes. Ahí está la prueba... En fin —concluyó, cogiendo a Cruzada por la cola y lanzándola por encima de la barrera de cinc—, ¡un bicho menos que vigilar! Fue a ver al director:

—La hamadrías ha mordido a la yarará que introdujimos hace un rato. Vamos a extraerle muy poco veneno.

—Es un fastidio grande —repuso aquél— Pero necesitamos para hoy el veneno... No nos queda más que un solo tubo de suero... ¿Murió la Alternatus?

—Sí: la tiré afuera... ¿Traigo a la hamadrías?

—No hay más remedio... Pero para la segunda recolección, de aquí a dos o tres horas.

Capítulo VIII

●●● **S**e hallaba quebrantada, exhausta de fuerzas. Sentía la boca llena de tierra y sangre. ¿Dónde estaba?

El velo denso de sus ojos comenzaba a desvanecerse, y Cruzada alcanzó a distinguir el contorno. Vio —reconoció— el muro de cinc, y súbitamente recordó todo: el perro negro, el lazo, la Inmensa serpiente asiática y el plan de batalla de ésta en que ella misma, Cruzada, iba jugando su vida. Recordaba todo, ahora que la parálisis provocada por el veneno comenzaba a abandonarla. Con el recuerdo tuvo conciencia plena de lo que debía hacer. ¿Sería tiempo todavía?

Intentó arrastrarse, mas en vano; su cuerpo ondulaba, pero en el mismo sitio, sin avanzar. Pasó un rato aún y su inquietud crecía.

—¡Y no estoy sino a treinta metros! —murmuraba—. ¡Dos minutos, un solo minuto de vida, y llegó a tiempo!

Y tras nuevo esfuerzo consiguió deslizarse, arrastrarse desesperada hacia el laboratorio.

Atravesó el patio, llegó a la puerta en el momento en que el empleado, con la dos manos, sostenía, colgando en el aire, la Hamadrías, mientras el hombre de los lentes ahumados le introducía el vidrio de reloj en la boca. La mano

162

se dirigía a oprimir las glándulas, y Cruzada estaba aún en el umbral.

—¡No tendré tiempo! —se dijo desesperada. Y arrastrándose en un supremo esfuerzo, tendió adelante los blanquísimos colmillos. El peón, al sentir su pie descalzo abrasado por los dientes de la yarará, lanzó un grito y bailó. No mucho; pero lo suficiente para que el cuerpo colgante de la cobra real oscilara y alcanzase a la pata de la mesa, donde se arrolló velozmente. Y con ese punto de apoyo, arrancó su cabeza de entre las manos del peón y fue a clavar hasta la raíz los colmillos en la muñeca izquierda del hombre de lentes negros, justamente en una vena. ¡Ya estaba! Con los primeros gritos, ambas, la cobra asiática y la yarará, huían sin ser perseguidas.

—¡Un punto de apoyo! —murmuraba la cobra volando a escape por el campo—. Nada más que eso me faltaba. ¡Ya lo conseguí, por fin!

—Sí. —Corría la yarará a su lado, muy dolorida aún—. Pero no volvería a repetir el juego...

Allá, de la muñeca del hombre pendían dos negros hilos de sangre pegajosa. La inyección de una hamadrías en una vena es cosa demasiado seria para que un mortal pueda resistirla largo rato con los ojos abiertos, y los del herido se cerraban para siempre a los cuatro minutos.

Capítulo IX

El Congreso estaba en pleno. Fuera de Terrífica y Ñacaniná, y las yararás Urutú Dorado, Coatiarita, Neuwied, Atroz y Lanceolada, habían acudido Coralina —de cabeza estúpida, según Ñacaniná—, lo que no obsta para que su mordedura sea de las más dolorosas. Además es hermosa, incontestablemente hermosa con sus anillos rojos y negros.

Siendo, como es sabido, muy fuerte la vanidad de las víboras en punto de belleza, Coralina se alegraba bastante de la ausencia de su hermana Frontal, cuyos triples anillos negros y blancos sobre fondo de púrpura colocan a esta víbora de coral en el más alto escalón de la belleza ofídica.

Las Cazadoras estaban representadas esa noche por Drimobia, cuyo destino es ser llamada yararacusú del monte, aunque su aspecto sea bien distinto. Asistían Cipó, de un hermoso verde y gran cazadora de pájaros; Radínea, pequeña y oscura, que no abandona jamás los charcos; Boipeva, cuya característica es achatarse completamente contra el suelo apenas se siente amenazada; Trigémina, culebra de coral, muy fina de cuerpo, como sus compañeras arborícolas; y por último Esculapia, cuya entrada, por razones que se verá en seguida, fue acogida con generales miradas de desconfianza.

Faltaban asimismo varias especies de las venenosas y las cazadoras, ausencia está que requiere una aclaración. Al decir Congreso pleno, hemos hecho referencia a la gran mayoría de las especies, y sobre todo de las que se podrían llamar reales por su importancia. Desde el primer Congreso de las Víboras se acordó que las especies numerosas, estando en mayoría, podían dar carácter de absoluta fuerza a sus decisiones. De aquí la plenitud del Congreso actual, bien que fuera lamentable la ausencia de la yarará Surucucú, a quien no había sido posible hallar por ninguna parte; hecho tanto más de sentir cuanto que esta víbora, que puede alcanzar a tres metros, es, a la vez que reina en América, viceemperatriz del Imperio Mundial de las Víboras, pues sólo una la aventaja en tamaño y potencia de veneno: la hamadrías asiática.

Alguna faltaba —fuera de Cruzada—; pero las víboras todas afectaban no darse cuenta de su ausencia.

A pesar de todo, se vieron forzadas a volverse al ver asomar por entre los helechos una cabeza de grandes ojos vivos.

—¿Se puede? —decía la visitante alegremente.

Como si una chispa eléctrica hubiera recorrido todos los cuerpos, las víboras irguieron la cabeza al oír aquella voz.

—¿Qué quieres aquí? —gritó Lanceolada con profunda irritación.

—¡Éste no es tu lugar! —exclamó Urutú Dorado, dando por primera vez señales de vivacidad.

—¡Fuera! ¡Fuera! —gritaron varias con intenso desasosiego.

Pero Terrífica, con silbido claro, aunque trémulo, logró hacerse oír.

—¡Compañeras! No olviden que estamos en Congreso, y todas conocemos sus leyes: nadie, mientras dure, puede ejercer acto alguno de violencia. ¡Entra, Anaconda!

—¡Bien dicho! —exclamó Ñacaniná con sorda ironía—. Las nobles palabras de nuestra reina nos aseguran. ¡Entra, Anaconda!

Y la cabeza viva y simpática de Anaconda avanzó, arrastrando tras de sí dos metros cincuenta de cuerpo oscuro y elástico. Pasó ante todas, cruzando una mirada de inteligencia con la Ñacaniná, y fue a arrollarse, con leves silbidos de satisfacción, junto a Terrífica, quien no pudo menos de estremecerse.

—¿Te incomodo? —le preguntó cortésmente Anaconda.

—¡No, de ninguna manera! —contestó Terrífica—. Son las glándulas de veneno que me incomodan de hinchadas... Anaconda y Ñacaniná tornaron a cruzar una mirada irónica, y prestaron atención.

La hostilidad bien evidente de la asamblea hacia la recién llegada tenía un cierto fundamento, que no se dejará de apreciar. La Anaconda es la reina de todas las serpientes habidas y por haber, sin exceptuar al pitón malayo. Su fuerza es extraordinaria, y no hay animal de carne y hueso capaz de resistir un abrazo suyo. Cuando comienza a dejar caer del follaje sus diez metros de cuerpo liso con grandes manchas de terciopelo negro, la selva entera se crispa y encoge. Pero la Anaconda es demasiado fuerte para odiar a sea quien fuere —con una sola excepción—, y esta conciencia de su valor le hace conservar siempre buena amistad con el Hombre. Si a alguien detesta, es, naturalmente, a las serpientes venenosas; y de aquí la conmoción de las víboras ante la cortés Anaconda.

Anaconda no es, sin embargo, hija de la región. Vagabundeando en las aguas espumosas del Paraná había llegado hasta allí con una gran creciente, y continuaba en la región, muy contenta del país, en buena relación con todos,

166

y en particular con la Ñacaniná, con quien había trabado viva amistad. Era, Por lo demás, aquel ejemplar una joven Anaconda que distaba aún mucho de alcanzar a los diez metros de sus felices abuelos. Pero los dos metros cincuenta que media ya valían por el doble, si se considera la fuerza de esta magnífica boa, que por divertirse al crepúsculo atraviesa el Amazonas entero con la mitad del cuerpo erguido fuera del agua.

Pero Atroz acababa de tomar la palabra ante la asamblea, ya distraída.

—Creo que podríamos comenzar ya —dijo—. Ante todo, es menester saber algo de Cruzada. Prometió estar aquí en seguida.

—Lo que prometió —intervino la Ñacaniná— es estar aquí cuando pudiera. Debemos esperarla.

—¿Para qué? —replicó Lanceolada, sin dignarse volver la cabeza a la culebra.

—¿Cómo para qué? —exclamó ésta, irguiéndose—. Se necesita toda la estupidez de una Lanceolada para decir esto... ¡Estoy cansada ya de oír en este Congreso disparate tras disparate! ¡No parece sino que las Venenosas representan a la Familia entera! Nadie, menos ésa —señaló con la cola a Lanceolada—, ignora que precisamente de las noticias que traiga Cruzada depende nuestro plan...

¿Que para qué esperarla?... ¡Estamos frescas si las inteligencias capaces de preguntar esto dominan en este Congreso!

—No insultes —le reprochó gravemente Coatiarita.

La Ñacaniná se volvió a ella:

—¿Y a ti quién te mete en esto?

—No insultes —repitió la pequeña, dignamente. Ñacaniná consideró al pundonoroso benjamín y cambió de voz.

—Tiene razón la minúscula prima —concluyó tranquila—. Lanceolada, te pido disculpa.

—¡No es nada! —replicó con rabia la yarará.

—¡No importa!; pero vuelvo a pedirte disculpa. Felizmente, Coralina, que acechaba a la entrada de la caverna, entró silbando:

—¡Ahí viene Cruzada!

—¡Por fin! —exclamaron las congresales, alegres. Pero su alegría transformóse en estupefacción cuando, detrás de la yarará, vieron entrar a una inmensa víbora, totalmente desconocida de ellas.

Mientras Cruzada iba a tenderse al lado de Atroz, la intrusa se arrolló lenta y paulatinamente en el centro de la caverna y se mantuvo inmóvil.

—¡Terrífica! —dijo Cruzada—. Dale la bienvenida. Es de las nuestras.

—¡Somos hermanas! —se apresuró la de cascabel, observándola, inquieta.

Todas las víboras, muertas de curiosidad, se arrastraron hacia la recién llegada.

—Parece una prima sin veneno —decía una, con un tanto de desdén.

—Sí —agregó otra—. Tiene ojos redondos.

—Y cola larga.

—Y además...

Pero de pronto quedaron mudas, porque la desconocida acababa de hinchar monstruosamente el cuello. No duró aquello más que un segundo; el capuchón se replegó, mientras la recién llegada se volvía a su amiga, con la voz alterada.

—Cruzada: diles que no se acerquen tanto... No puedo dominarme.

—¡Sí, déjenla tranquila! —exclamó Cruzada—. Tanto

más agregó cuanto que acaba de salvarme la vida, y tal vez la de todas nosotras.

No era menester más. El Congreso quedó un instante pendiente de la narración de Cruzada, que tuvo que contarlo todo: el encuentro con el perro, el lazo del hombre de lentes ahumados, el magnífico plan de Hamadrías con la catástrofe final, y el profundo sueño que acometió luego a la yarará hasta una hora antes de llegar.

—Resultado —concluyó— dos hombres fuera de combate, y de los más peligrosos. Ahora no nos resta más que eliminar a los que quedan.

—¡O a los caballos! —dijo Hamadrías.

—¡O al perro! —agregó la Ñacaniná.

—Yo creo que a los caballos —insistió la cobra real—. Y me fundo en esto: mientras queden vivos los caballos, un solo hombre puede preparar miles de tubos de suero con los cuales se inmunizarán contra nosotras. Raras veces, ustedes lo saben bien, se presenta la ocasión de morder una vena... como ayer. Insisto, pues, en que debemos dirigir todo nuestro ataque contra los caballos.

¡Después veremos! En cuanto al perro —concluyó con una mirada de reojo a la Ñacaniná—, me parece despreciable.

Era evidente que desde el primer momento la serpiente asiática y la Ñacaniná indígena habíanse disgustado mutuamente. Si la una en su carácter de animal venenoso, representaba un tipo inferior para la Cazadora, esta última, a fuer de fuerte y ágil, provocaba el odio y los celos de Hamadrías. De modo que la vieja y tenaz rivalidad entre serpientes venenosas y no venenosas llevaba miras de exasperarse aún más en aquel último Congreso.

—Por mi parte —contestó Ñacaniná—, creo que caballos y hombres son secundarios en esta lucha. Por gran facilidad que podamos tener para eliminar a unos y otros, no es nada esta facilidad comparada con la que puede tener el perro el primer día que se les ocurra dar una batida en forma, y la darán, estén bien seguras, antes de veinticuatro horas. Un perro inmunizado contra cualquier mordedura, aun la de esta señora con sombrero en el cuello —agregó señalando de costado a la cobra real— es el enemigo más temible que podamos tener, y sobre todo si se recuerda que ese enemigo ha sido adiestrado a seguir nuestro rastro. ¿qué opinas, Cruzada?

No se ignora tampoco en el Congreso la amistad singular que unía a la víbora y la culebra; posiblemente más que amistad, era aquello una estimación recíproca de su mutua inteligencia.

—Yo opino como Ñacaniná —repuso—. Si el perro se pone a, trabajar, estamos perdidas.

—¡Pero adelantémonos! —replicó Hamadrías.

—¡No podríamos adelantarnos tanto!... Me inclino decididamente por la prima.

—Estaba segura —dijo ésta tranquilamente.

Era esto más de lo que podía oír la cobra real sin que la ira subiera a inundarle los colmillos de veneno.

—No sé hasta qué punto puede tener valor la opinión de esta señorita conversadora —dijo, devolviendo a Ñacaniná su mirada de reojo—. El peligro real en esta circunstancia es para nosotras, las Venenosas, que tenemos por negro pabellón a la Muerte. Las culebras saben bien que el hombre no las teme, porque son completamente incapaces de hacerse temer.

—¡He aquí una cosa bien dicha! —dijo una voz que no había sonado aún.

Hamadrías se volvió vivamente, porque en el tono

tranquilo de la voz había creído notar una vaguísima ironía, y vio dos grandes ojos brillantes que la miraban apaciblemente.

—¿A mí me hablas? —preguntó con desdén.

—Sí, a ti —repuso mansamente la interruptora—. Lo que has dicho está empapado en profunda verdad.

La cobra real volvió a sentir la ironía anterior, y como por un presentimiento, midió a la ligera con la vista el cuerpo de su interlocutora, arrollada en la sombra.

—¡Tú eres Anaconda!

—¡Tú lo has dicho! —repuso aquélla inclinándose. Pero la Ñacaniná quería de una vez por todas aclarar las cosas.

—¡Un instante! —exclamó.

—¡No! —interrumpió Anaconda—. Permíteme, Ñacaniná. Cuando un ser es bien formado, ágil, fuerte y veloz, se apodera de su enemigo con la energía de nervios y músculos que constituye su honor, como el de todos los luchadores de la creación. Así cazan el gavilán, el gato onza, el tigre, nosotras, todos los seres de noble estructura. Pero cuando se es torpe, pesado, poco inteligente e incapaz, por lo tanto, de luchar francamente por la vida, entonces se tiene un par de colmillos para asesinar a traición, como esa dama importada que nos quiere deslumbrar con su gran sombrero.

En efecto, la cobra real, fuera de sí, había dilatado el monstruoso cuello para lanzarse sobre la insolente. Pero también el Congreso entero se había erguido amenazador al ver esto.

—¡Cuidado! —gritaron varias a un tiempo—. ¡El Congreso es inviolable!

—¡Abajo el capuchón! —alzóse Atroz, con los ojos hechos ascua. Hamadrías se volvió a ella con un silbido de rabia.

—¡Abajo el capuchón! —se adelantaron Urutú Dorado y Lanceolada.

Hamadrías tuvo un instante de loca rebelión, pensando en la facilidad con que hubiera destrozado una tras otra a cada una de sus contrincantes. Pero ante la actitud de combate del Congreso entero, bajó el capuchón lentamente.

—¡Está bien! —silbó— Respeto el Congreso. Pero pido que cuando se concluya... ¡no me provoquen!

—Nadie te provocará —dijo Anaconda.

La cobra se volvió a ella con reconcentrado odio:

—¡Y tú menos que nadie, porque me tienes miedo!

—¡Miedo yo! —contestó Anaconda, avanzando.

—¡Paz, paz! —clamaron todas de nuevo—. ¡Estamos dando un pésimo ejemplo! ¡Decidamos de una vez lo que debemos hacer!

—Sí, ya es tiempo de esto —dijo Terrífica—. Tenemos dos planes a seguir: el propuesto por Ñacaniná, y el de nuestra aliada. ¿Comenzamos el ataque por el perro, o bien lanzamos todas nuestras fuerzas contra los caballos?

Ahora bien, aunque la mayoría se inclinaba acaso a adoptar el plan de la culebra, el aspecto, tamaño e inteligencia demostrada por la serpiente asiática había impresionado favorablemente al Congreso en su favor. Estaba aún viva su magnífica combinación contra el personal del Instituto; y fuera lo que pudiere ser su nuevo plan, es lo cierto que se le debía ya la eliminación de dos hombres. Agréguese que, salvo la Ñacaniná y Cruzada, que habían estado ya en campaña, ninguna se había dado cuenta del terrible enemigo que había en un perro inmunizado y rastreador de víboras. Se comprenderá así que el plan de la cobra real triunfara al fin.

Aunque era ya muy tarde, era también cuestión de vida

o muerte llevar el ataque en seguida, y se decidió partir sobre la marcha.

—¡Adelante, pues! —concluyó la de cascabel—. ¿Nadie tiene nada más que decir?

—¡Nada...! —gritó la Ñacaniná—, ¡sino que nos arrepentiremos!

Y las víboras y culebras, inmensamente aumentadas por los individuos de las especies cuyos representantes salían de la caverna, lanzáronse hacia el Instituto.

—¡Una palabra! —advirtió aún Terrífica—. ¡Mientras dure la campaña estamos en Congreso y somos inviolables las unas para las otras! ¿Entendido?

—¡Sí, sí, basta de palabras! —silbaron todas.

La cobra real, a cuyo lado pasaba Anaconda, le dijo mirándola sombríamente;

—Después...

—¡Ya lo creo! —la cortó alegremente Anaconda, lanzándose como una flecha a la vanguardia.

CAPÍTULO X

El personal del Instituto velaba al pie de la cama del peón mordido por la yarará. Pronto debía amanecer. Un empleado se asomó a la ventana por donde entraba la noche caliente y creyó oír ruido en uno de los galpones. Prestó oído un rato y dijo:

—Me parece que es en la caballeriza... Vaya a ver Fragoso.

El aludido encendió el farol de viento y salió, en tanto que los demás quedaban atentos, con el oído alerta.

No había transcurrido medio minuto cuando sentían pasos precipitados en el patio y Fragoso aparecía, pálido de sorpresa.

—¡La caballeriza está llena de víboras! —dijo.

—¿Llena? —preguntó el nuevo jefe—. ¿Qué es eso? ¿Qué pasa?

—No sé...

—Vayamos...

Y se lanzaron afuera.

—¡Daboy! ¡Daboy! —llamó el jefe al perro que gemía soñando bajo la cama del enfermo. Y corriendo todos entraron en la caballeriza.

Allí, a la luz del farol de viento, pudieron ver al caballo y a la mula debatiéndose a patadas contra sesenta u ochenta

víboras que inundaban la caballeriza. Los animales relincha-
ban y hacían volar a coces los pesebres; pero las víboras,
como si las dirigiera una inteligencia superior, esquivaban
los golpes y mordían con furia.

Los hombres, con el impulso de la llegada, habían caído
entre ellas. Ante el brusco golpe de luz, las invasoras se detuvieron un instante, para lanzarse en seguida silbando a un
nuevo asalto, que, dada la confusión de caballos y hombres,
no se sabía contra quién iba dirigido.

El personal del Instituto se vio así rodeado por todas
partes de víboras. Fragoso sintió un golpe de colmillos en
el borde de las botas, a medio centímetro de su rodilla, y
descargó su vara-vara dura y flexible que nunca falta en una
casa de bosque sobre al atacante. El nuevo director partió
en dos a otra, y el otro empleado tuvo tiempo de aplastar la
cabeza, sobre el cuello mismo del perro, a una gran víbora
que acababa de arrollarse con pasmosa velocidad al pescuezo
del animal.

Esto pasó en menos de diez segundos. Las varas caían
con furioso vigor sobre las víboras que avanzaban siempre,
mordían las botas, pretendían trepar por las piernas. Y en
medio del relinchar de los caballos, los gritos de los hombres, los ladridos del perro y el silbido de las víboras, el asalto ejercía cada vez más presión sobre los defensores, cuando
Fragoso, al precipitarse sobre una inmensa víbora que creye-
ra reconocer, pisó sobre un cuerpo a toda velocidad, y cayó,
mientras el farol, roto en mil pedazos, se apagaba.

—¡Atrás! —gritó el nuevo director—. ¡Daboy, aquí!

Y saltaron atrás, al patio, seguidos por el perro, que felizmente había podido desenredarse de entre la madeja de
víboras. Pálidos y jadeantes, se miraron.

—Parece cosa del diablo... —murmuró el jefe—. Jamás

he visto cosa igual... ¿qué tienen las víboras de este país? Ayer, aquella doble mordedura, como matemáticamente combinada... Hoy... Por suerte ignoran que nos han salvado a los caballos con sus mordeduras... Pronto amanecerá, y entonces será otra cosa.

—Me pareció que allí andaba la cobra real —dejó caer Fragoso, mientras se ligaba los músculos doloridos de la muñeca.

—Si —agregó el otro empleado—. Yo la vi bien... Y Daboy, ¿no tiene nada?

—No; muy mordido... Felizmente puede resistir cuanto quieran. Volvieron los hombres otra vez al enfermo, cuya respiración era mejor. Estaba ahora inundado en copiosa transpiración.

—Comienza a aclarar —dijo el nuevo director, asomándose a la ventana—. Usted, Antonio, podrá quedarse aquí. Fragoso y yo vamos a salir.

—¿Llevamos los lazos? —preguntó Fragoso.

—¡Oh, no! —repuso el jefe, sacudiendo cabeza—. Con otras víboras, las hubiéramos cazado a todas en un segundo. Estas son demasiado singulares.

Las varas y, a todo evento, el machete.

Capítulo XI

No singulares, sino víboras, que ante un inmenso peligro sumaban la inteligencia reunida de las especies, era el enemigo que había asaltado el Instituto Seroterápico.

La súbita oscuridad que siguiera al farol roto había advertido a las combatientes el peligro de mayor luz y mayor resistencia.

Además, comenzaban a sentir ya en la humedad de la atmósfera la inminencia del día.

—Si nos quedamos un momento más —exclamó Cruzada—, nos cortan la retirada. ¡Atrás!

—¡Atrás, atrás! —gritaron todas. Y atropellándose, pasándose las unas sobre las otras, se lanzaron al campo. Marchaban en tropel, espantadas, derrotadas, viendo con consternación que el día comenzaba a romper a lo lejos.

Llevaban ya veinte minutos de fuga cuando un ladrido claro y agudo, pero distante aún, detuvo a la columna jadeante.

—¡Un instante! —gritó Urutú Dorado—. Veamos cuántas somos, y qué podemos hacer.

A la luz aún incierta de la madrugada examinaron sus fuerzas. Entre las patas de los caballos habían quedado dieciocho serpientes muertas, entre ellas las dos culebras de coral.

Atroz había sido partida en dos por Fragoso, y Drimobia yacía allá con el cráneo roto, mientras estrangulaba al perro. Faltaban además Coatiarita, Radínea y Boipeva. En total, veintitrés combatientes aniquilados. Pero las restantes, sin excepción de una sola, estaban todas magulladas, pisadas, pateadas, llenas de polvo y sangre entre las escamas rotas.

—He aquí el éxito de nuestra campaña —dijo amargamente Ñacaniná, deteniéndose un instante a restregar contra una piedra su cabeza—. ¡Te felicito, Hamadrías!

Pero para sí sola se guardaba lo que había oído tras la puerta cerrada de la caballeriza, pues había salido la última. ¡En vez de matar, habían salvado la vida a los caballos, que se extenuaban precisamente por falta de veneno!

Sabido es que para un caballo que se está inmunizando, el veneno le es tan indispensable para su vida diaria como el agua misma, y muere si le llega a faltar.

Un segundo ladrido de perro sobre el rastro sonó tras ellas.

—¡Estamos en inminente peligro! —gritó Terrífica—. ¿Qué hacemos?

—¡A la gruta! —clamaron todas, deslizándose a toda velocidad.

—¡Pero, están locas! —gritó la Ñacaniná, mientras corría—, ¡Las van a aplastar a todas! ¡Van a la muerte! Óiganme: ¡desbandémonos!

Las fugitivas se detuvieron, irresolutas. A pesar de su pánico, algo les decía que el desbande era la única medida salvadora, y miraron alocadas a todas partes. Una sola voz de apoyo, una sola, y se decidían.

Pero la cobra real, humillada, vencida en su segundo esfuerzo de dominación, repleta de odio para un país que en adelante debía serle eminentemente hostil, prefirió hundirse del todo, arrastrando con ella a las demás especies.

—¡Está loca Ñacaniná! —exclamó—. ¡A la caverna!

—¡Sí, a la caverna! —respondió la columna despavorida, huyendo—. ¡A la caverna!

La Ñacaniná vio aquello y comprendió que iban a la muerte. Pero viles, derrotadas, locas de pánico, las víboras iban a sacrificarse, a pesar de todo. Y con una altiva sacudida de lengua, ella, que podía ponerse impunemente a salvo por su velocidad, se dirigió como las otras directamente a la muerte.

Sintió así un cuerpo a su lado, y se alegró al reconocer a Anaconda.

—Ya ves —le dijo con una sonrisa— a lo que nos ha traído la asiática.

—Sí, es un mal bicho... —murmuró Anaconda, mientras corrían una junto a otra.

—¡Y ahora las lleva a hacerse masacrar todas juntas!...

—Ella, por lo menos —advirtió Anaconda con voz sombría—, no va a tener ese gusto...

Y ambas, con un esfuerzo de velocidad, alcanzaron a la columna. Ya habían llegado.

—¡Un momento! —Se adelantó Anaconda, cuyos ojos brillaban—. Ustedes lo ignoran, pero yo lo sé con certeza, que dentro de diez minutos no va a quedar viva una de nosotras. El Congreso y sus leyes están, pues, ya concluidos. ¿No es eso, Terrífica?

Se hizo un largo silencio.

—Sí —murmuró abrumada Terrífica—. Está concluido...

—Entonces —prosiguió Anaconda volviendo la cabeza a todos lados—, antes de morir quisiera... ¡Ah, mejor así! —concluyó satisfecha al ver a la cobra real que avanzaba lentamente hacia ella.

No era aquél probablemente el momento ideal para un

combate. Pero desde que el mundo es mundo, nada ni la presencia del Hombre sobre ellas podrá evitar que una Venenosa y una Cazadora solucionen sus asuntos particulares.

El primer choque fue favorable a la cobra real: sus colmillos se hundieron hasta la encía en el cuello de Anaconda. Esta, con la maravillosa maniobra de las boas de devolver en ataque una cogida casi mortal, lanzó su cuerpo adelante como un látigo y envolvió en él a la Hamadrías, que en un instante se sintió ahogada. La boa, concentrando toda su vida en aquel abrazo, cerraba progresivamente sus anillos de acero; pero la cobra real no soltaba presa. Hubo aún un instante en que Anaconda sintió crujir su cabeza entre los dientes de la Hamadrías. Pero logró hacer un supremo esfuerzo, y este postrer relámpago de voluntad decidió la balanza a su favor. La boca de la cobra, semiasfixiada, se desprendió babeando, mientras la cabeza libre de Anaconda hacia presa en el cuerpo de la Hamadrías.

Poco a poco, segura del terrible abrazo con que inmovilizaba a su rival, su boca fue subiendo a lo largo del cuello, con cortas y bruscas dentelladas, en tanto que la cobra sacudía desesperada la cabeza. Los 96 agudos dientes de Anaconda subían siempre, llegaron al capuchón, treparon, alcanzaron la garganta, subieron aún, hasta que se clavaron por fin en la cabeza de su enemiga, con un sordo y larguísimo crujido de huesos masticados.

Ya estaba concluido. La boa abrió sus anillos, y el macizo cuello de la cobra se escurrió pesadamente a tierra, muerta.

—Por lo menos estoy contenta... —murmuró Anaconda, cayendo a su vez exánime sobre el cuerpo de la asiática.

Fue en ese instante cuando las víboras oyeron a menos de cien metros el ladrido agudo del perro.

Y ellas, que diez minutos antes atropellaban aterradas la

entrada de la caverna, sintieron subir a sus ojos la llamarada salvaje de la lucha a muerte por la selva entera.

—¡Entremos! —agregaron, sin embargo, algunas.

—¡No, aquí! ¡Muramos aquí! —ahogaron todas con sus silbidos. Y contra el murallón de piedra que les cortaba toda retirada, el cuello y la cabeza erguidos sobre el cuerpo arrollado, los ojos hechos ascua, esperaron.

No fue larga su espera. En el día aún lívido y contra el fondo negro del monte, vieron surgir ante ellas las dos altas siluetas del nuevo director y de Fragoso, reteniendo en traílla al perro, que, loco de rabia, se abalanzaba adelante.

—¡Se acabó! ¡Y esta vez definitivamente! —murmuró Ñacaniná, despidiéndose— con esas seis palabras de una vida bastante feliz, cuyo sacrificio acababa de decidir. Y con un violento empuje se lanzó al encuentro del perro, que, suelto y con la boca blanca de espuma, llegaba sobre ellas. El animal esquivó el golpe y cayó hirioso sobre Terrífica, que hundió los colmillos en el hocico del perro. Daboy agitó furiosamente la cabeza, sacudiendo en el aire a la de cascabel; pero ésta no soltaba.

Neuwied aprovechó el instante para hundir los colmillos en el vientre del animal; mas también en ese momento llegaban los hombres. En un segundo Terrífica y Neuwied cayeron muertas, con los riñones quebrados.

Urutú Dorado fue partida en dos, y lo mismo Cipó. Lanceolada logró hacer presa en la lengua del perro; pero dos segundos después caía tronchada en tres pedazos por el doble golpe de vara, al lado de Esculapia.

El combate, o más bien exterminio, continuaba furioso, entre silbidos y roncos ladridos de Daboy, que estaba en todas partes. Cayeron una tras otra, sin perdón —que tampoco pedían—, con el cráneo triturado entre las mandíbulas del perro o aplastadas por los hombres. Fueron quedando masacradas frente a la caverna de su último Congreso. Y de las últimas cayeron Cruzada y Ñacaniná.

No quedaba una ya. Los hombres se sentaron, mirando aquella total masacre de las especies, triunfantes un día. Daboy, jadeando a sus pies, acusaba algunos síntomas de envenenamiento, a pesar de estar poderosamente inmunizado.

Había sido mordido 64 veces.

Cuando los hombres se levantaban para irse, se fijaron por primera vez en Anaconda, que comenzaba a revivir

—¿Qué hace esta boa por aquí? —dijo el nuevo director—, No es éste su país. A lo que parece; ha trabado relación con la cobra real, y nos ha vengado a su manera. Si logramos salvarla haremos una gran cosa, porque parece terriblemente envenenada. Llevémosla. Acaso un día nos salve a nosotros de toda esta chusma venenosa.

Y se fueron, llevando en un palo que cargaban en los hombros, a Anaconda, que, herida y exhausta de fuerzas, iba pensando en Ñacaniná, cuyo destino, con un poco menos de altivez, podía haber sido semejante al suyo.

Anaconda no murió. Vivió un año con los hombres, curioseando y observándolo todo, hasta que una noche se fue. Pero la historia de este viaje remontando por largos meses el Paraná hasta más allá del Guayra, más allá todavía del golfo letal donde el Paraná toma el nombre de río Muerto —la vida extraña que llevó Anaconda y el segundo viaje que emprendió por fin con sus hermanos sobre las aguas sucias de una gran inundación—, toda esta historia de rebelión y asalto de camalotes, pertenece a otro relato.

Cuentos de la selva

La abeja haragana

Había una vez en una colmena una abeja que no quería trabajar, es decir, recorría los árboles uno por uno para tomar el jugo de las flores; pero en vez de conservarlo para convertirlo en miel, se lo tomaba del todo.

Era, pues, una abeja haragana. Todas las mañanas apenas el sol calentaba el aire, la abejita se asomaba a la puerta de la colmena, veía que hacía buen tiempo, se peinaba con las patas, como hacen las moscas, y echaba entonces a volar, muy contenta del lindo día. Zumbaba muerta de gusto de flor en flor, entraba en la colmena, volvía a salir, y así se lo pasaba todo el día mientras las otras abejas se mataban trabajando para llenar la colmena de miel, porque la miel es el alimento de las abejas recién nacidas.

Como las abejas son muy serias, comenzaron a disgustarse con el proceder de la hermana haragana. En la puerta de las colmenas hay siempre unas cuantas abejas que están de guardia para cuidar que no entren bichos en la colmena. Estas abejas suelen ser muy viejas, con gran experiencia de la vida y tienen el lomo pelado porque han perdido todos los pelos al rozar contra la puerta de la colmena.

Un día, pues, detuvieron a la abeja haragana cuando iba a entrar, diciéndole:

—Compañera: es necesario que trabajes, porque todas las abejas debemos trabajar.

La abejita contestó:

—Yo ando todo el día volando, y me canso mucho.

—No es cuestión de que te canses mucho —respondieron—, sino de que trabajes un poco. Es la primera advertencia que te hacemos.

Y diciendo así la dejaron pasar.

Pero la abeja haragana no se corregía. De modo que a la tarde siguiente las abejas que estaban de guardia le dijeron:

—Hay que trabajar, hermana.

Y ella respondió en seguida:

—¡Uno de estos días lo voy a hacer!

—No es cuestión de que lo hagas uno de estos días —le respondieron—, sino mañana mismo. Acuérdate de esto. Y la dejaron pasar.

Al anochecer siguiente se repitió la misma cosa. Antes de que le dijeran nada, la abejita exclamó:

—¡Si, sí, hermanas! ¡Ya me acuerdo de lo que he prometido!

—No es cuestión de que te acuerdes de lo prometido —le respondieron—, sino de que trabajes. Hoy es diecinueve de abril. Pues bien: trata de que mañana veinte, hayas traído una gota siquiera de miel. Y ahora, pasa.

Y diciendo esto, se apartaron para dejarla entrar.

Pero el veinte de abril pasó en vano como todos los demás. Con la diferencia de que al caer el sol el tiempo se descompuso y comenzó a soplar un viento frío.

La abejita haragana voló apresurada hacia su colmena, pensando en lo calentito que estaría allá adentro. Pero cuando quiso entrar, las abejas que estaban de guardia se lo impidieron.

—¡No se entra! —le dijeron fríamente.

—¡Yo quiero entrar! —clamó la abejita—. Esta es mi colmena.

—Esta es la colmena de unas pobres abejas trabajadoras le contestaron las otras—. No hay entrada para las haraganas.

—¡Mañana sin falta voy a trabajar! —insistió la abejita.

—No hay mañana para las que no trabajan— respondieron las abejas, que saben mucha filosofía.

Y diciendo esto la empujaron afuera.

La abejita, sin saber qué hacer, voló un rato aún; pero ya la noche caía y se veía apenas. Quiso cogerse de una hoja, y cayó al suelo. Tenía el cuerpo entumecido por el aire frío, y no podía volar más.

Arrastrándose entonces por el suelo, trepando y bajando de los palitos y piedritas, que le parecían montañas, llegó a la puerta de la colmena, a tiempo que comenzaban a caer frías gotas de lluvia.

—¡Ay, mi Dios! —clamó la desamparada—. Va a llover, y me voy a morir de frío. Y tentó entrar en la colmena.

Pero de nuevo le cerraron el paso.

—¡Perdón! —gimió la abeja—. ¡Déjenme entrar!

—Ya es tarde —le respondieron.

—¡Por favor, hermanas! ¡Tengo sueño!

—Es más tarde aún.

—¡Compañeras, por piedad! ¡Tengo frío!

—Imposible.

—¡Por última vez! ¡Me voy a morir! Entonces le dijeron:

—No, no morirás. Aprenderás en una sola noche lo que es el descanso ganado con el trabajo. Vete.

Y la echaron.

Entonces, temblando de frío, con las alas mojadas y

tropezando, la abeja se arrastró, se arrastró hasta que de pronto rodó por un agujero; cayó rodando, mejor dicho, al fondo de una caverna.

Creyó que no iba a concluir nunca de bajar. Al fin llegó al fondo, y se halló bruscamente ante una víbora, una culebra verde de lomo color ladrillo, que la miraba enroscada y presta a lanzarse sobre ella.

En verdad, aquella caverna era el hueco de un árbol que habían trasplantado hacía tiempo, y que la culebra había elegido de guarida.

Las culebras comen abejas, que les gustan mucho. Por eso la abejita, al encontrarse ante su enemiga, murmuró cerrando los ojos:

—¡Adiós mi vida! Esta es la última hora que yo veo la luz.

Pero con gran sorpresa suya, la culebra no solamente no la devoró sino que le dijo: —¿qué tal, abejita? No has de ser muy trabajadora para estar aquí a estas horas.

—Es cierto —murmuró la abeja—. No trabajo, y yo tengo la culpa.

—Siendo así —agregó la culebra, burlona—, voy a quitar del mundo a un mal bicho como tú. Te voy a comer, abeja.

La abeja, temblando, exclamo entonces: —¡No es justo eso, no es justo! No es justo que usted me coma porque es más fuerte que yo. Los hombres saben lo que es justicia.

—¡Ah, ah! —exclamó la culebra, enroscándose ligero—. ¿Tú crees que los hombres que les quitan la miel a ustedes son más justos, grandísima tonta?

—No, no es por eso que nos quitan la miel —respondió la abeja.

—¿Y por qué, entonces?

—Porque son más inteligentes.

Así dijo la abejita. Pero la culebra se echó a reír, exclamando:

—¡Bueno! Con justicia o sin ella, te voy a comer, apróntate.

Y se echó atrás, para lanzarse sobre la abeja. Pero ésta exclamó:

—Usted hace eso porque es menos inteligente que yo.

—¿Yo menos inteligente que tú, mocosa? —se rió la culebra.

—Así es —afirmó la abeja.

—Pues bien —dijo la culebra—, vamos a verlo. Vamos a hacer dos pruebas. La que haga la prueba más rara, ésa gana. Si gano yo, te como.

—¿Y si gano yo? —preguntó la abejita.

—Si ganas tú —repuso su enemiga—, tienes el derecho de pasar la noche aquí, hasta que sea de día. ¿Te conviene?

—Aceptado —contestó la abeja.

La culebra se echó a reír de nuevo, porque se le había ocurrido una cosa que jamás podría hacer una abeja. Y he aquí lo que hizo:

Salió un instante afuera, tan velozmente que la abeja no tuvo tiempo de nada. Y volvió trayendo una cápsula de semillas de eucalipto, de un eucalipto que estaba al lado de la colmena y que le daba sombra.

Los muchachos hacen bailar como trompos esas cápsulas, y les llaman trompitos de eucalipto.

—Esto es lo que voy a hacer —dijo la culebra—. ¡Fíjate bien, atención!

Y arrollando vivamente la cola alrededor del trompito como un piolín la desenvolvió a toda velocidad, con tanta rapidez que el trompito quedó bailando y zumbando como un loco.

La culebra se reía, y con mucha razón, porque jamás una abeja ha hecho ni podrá hacer bailar a un trompito. Pero cuando el trompito, que se había quedado dormido zumbando, como les pasa a los trompos de naranjo, cayó por fin al suelo, la abeja dijo:

—Esa prueba es muy linda, y yo nunca podré hacer eso.

—Entonces, te como —exclamó la culebra.

—¡Un momento! Yo no puedo hacer eso: pero hago una cosa que nadie hace.

—¿Qué es eso?

—Desaparecer.

—¿Cómo? —exclamó la culebra, dando un salto de sorpresa—. ¿Desaparecer sin salir de aquí?

—Sin salir de aquí.

—¿Y sin esconderte en la tierra?

—Sin esconderme en la tierra.

—Pues bien, ¡hazlo! Y si no lo haces, te como en seguida — dijo la culebra.

El caso es que mientras el trompito bailaba, la abeja había tenido tiempo de examinar la caverna y había visto una plantita que crecía allí. Era un arbustillo, casi un yuyito, con grandes hojas del tamaño de una moneda de dos centavos.

La abeja se arrimó a la plantita, teniendo cuidado de no tocarla, y dijo así:

—Ahora me toca a mi, señora culebra. Me va a hacer el favor de darse vuelta, y contar hasta tres. Cuando diga «tres», búsqueme por todas partes, ¡ya no estaré más!

Y así pasó, en efecto. La culebra dijo rápidamente: «uno..., dos..., tres», y se volvió y abrió la boca cuan grande era, de sorpresa: allí no había nadie. Miró arriba, abajo, a todos lados, recorrió los rincones, la plantita, tanteó todo con la lengua. Inútil: la abeja había desaparecido.

La culebra comprendió entonces que si su prueba del trompito era muy buena, la prueba de la abeja era simplemente extraordinaria. ¿Qué se había hecho?, ¿dónde estaba?

No había modo de hallarla.

—¡Bueno! —exclamó por fin—. Me doy por vencida. ¿Dónde estás?

Una voz que apenas se oía —la voz de la abejita— salió del medio de la cueva.

—¿No me vas a hacer nada? —dijo la voz—. ¿Puedo contar con tu juramento?

—Sí —respondió la culebra—. Te lo juro. ¿Dónde estás?

—Aquí —respondió la abejita, apareciendo súbitamente de entre una hoja cerrada de la plantita.

¿Qué había pasado? Una cosa muy sencilla: la plantita en cuestión era una sensitiva, muy común también aquí en Buenos Aires, y que tiene la particularidad de que sus hojas se cierran al menor contacto. Solamente que esta aventura pasaba en Misiones, donde la vegetación es muy rica, y por lo tanto muy grandes las hojas de las sensitivas. De aquí que al contacto de la abeja, las hojas se cerraran, ocultando completamente al insecto.

La inteligencia de la culebra no había alcanzado nunca a darse cuenta de este fenómeno; pero la abeja lo había observado, y se aprovechaba de él para salvar su vida.

La culebra no dijo nada, pero quedó muy irritada con su derrota, tanto que la abeja pasó toda la noche recordando a su enemiga la promesa que había hecho de respetarla.

Fue una noche larga, interminable, que las dos pasaron arrimadas contra la pared más alta de la caverna, porque la tormenta se había desencadenado, y el agua entraba como un río adentro.

Hacía mucho frío, además, y adentro reinaba la oscuridad

más completa. De cuando en cuando la culebra sentía impulsos de lanzarse sobre la abeja, y ésta creía entonces llegado el término de su vida.

Nunca, jamás, creyó la abejita que una noche podría ser tan fría, tan larga, tan horrible. Recordaba su vida anterior, durmiendo noche tras noche en la colmena, bien calentita, y lloraba entonces en silencio.

Cuando llegó el día, y salió el sol, porque el tiempo se había compuesto, la abejita voló y lloró otra vez en silencio ante la puerta de la colmena hecha por el esfuerzo de la familia. Las abejas de guardia la dejaron pasar sin decirle nada, porque comprendieron que la que volvía no era la paseandera haragana, sino una abeja que había hecho en sólo una noche un duro aprendizaje de la vida.

Así fue, en efecto. En adelante, ninguna como ella recogió tanto polen ni fabricó tanta miel. Y cuando el otoño llegó, y llegó también el término de sus días, tuvo aún tiempo de dar una última lección antes de morir a las jóvenes abejas que la rodeaban:

—No es nuestra inteligencia, sino nuestro trabajo quien nos hace tan fuertes. Yo usé una sola vez de mi inteligencia, y fue para salvar mi vida. No habría necesitado de ese esfuerzo, sí hubiera trabajado como todas. Me he cansado tanto volando de aquí para allá, como trabajando. Lo que me faltaba era la noción del deber, que adquirí aquella noche. Trabajen, compañeras, pensando que el fin a que tienden nuestros esfuerzos —la felicidad de todos— es muy superior a la fatiga de cada uno. A esto los hombres llaman ideal, y tienen razón. No hay otra filosofía en la vida de un hombre y de una abeja.

Historia de dos cachorros de coatí
y de dos cachorros de hombre

Había una vez un coatí que tenía tres hijos. Vivían en el monte comiendo frutas, raíces y huevos de pajaritos. Cuando estaban arriba de los árboles y sentían un gran ruido, se tiraban al suela de cabeza y salían corriendo con la cola levantada.

Una vez que los coaticitos fueron un poco grandes, su madre los reunió un día arriba de un naranjo y les habló así:

—Coaticitos: ustedes son bastante grandes para buscarse la comida solos. Deben aprenderlo, porque cuando sean viejos andarán siempre solos, como todos los coatís. El mayor de ustedes, que es muy amigo de cazar cascarudos, puede encontrarlos entre los palos podridos, porque allí hay muchos cascarudos y cucarachas. El segundo, que es gran comedor de frutas, puede encontrarlas en este naranjal; hasta diciembre habrá naranjas. El tercero, que no quiere comer sino huevos de pájaros, puede ir a todas partes, porque en todas partes hay nidos de pájaros. Pero que no vaya nunca a buscar nidos al campo, porque es peligroso.

«Coaticitos hay una sola cosa a la cual deben tener gran miedo. Son los perros. Yo peleé una vez con ellos, y sé lo que les digo; por eso tengo un diente roto. Detrás de los perros vienen siempre los hombres con un gran ruido, que mata. Cuando oigan cerca este ruido, tírense de cabeza al suelo, por alto que sea el árbol. Si no lo hacen así, los matarán con seguridad de un tiro».

Así habló la madre. Todos se bajaron entonces y se separaron, caminando de derecha a izquierda y de izquierda a derecha, como si hubieran perdido algo, porque así caminan los coatís.

El mayor, que quería comer cascarudos, buscó entre los palos podridos y las hojas de los yuyos, y encontró tantos, que comió hasta quedarse dormido. El segundo, que prefería las frutas a cualquier cosa, comió cuantas naranjas quiso, porque aquel naranjal estaba dentro del monte, como pasa en el Paraguay y Misiones, y ningún hombre vino a incomodarlo. El tercero, que era loco por los huevos de pájaros, tuvo que andar todo el día para encontrar únicamente dos nidos; uno de tucán, que tenía tres huevos, y uno de tórtolas, que tenia sólo dos. Total, cinco huevos chiquitos, que era muy poca comida; de modo que al caer la tarde el coaticito tenia tanta hambre como de mañana, y se sentó muy triste a la orilla del monte. Desde allí veía el campo, y pensó en la recomendación de su madre.

—¿Por qué no querrá mamá —se dijo— que vaya a buscar nidos en el campo?

Estaba pensando así cuando oyó, muy lejos, el canto de un pájaro.

—¡Qué canto tan fuerte! —dijo admirado—. ¡Qué huevos tan grandes debe tener ese pájaro!

El canto se repitió. Y entonces el coatí se puso a correr por entre el monte, cortando camino, porque el canto había sonado muy a su derecha. El sol caía ya, pero el coatí volaba con la cola levantada. Llegó a la orilla del monte, por fin, y miró al campo. Lejos vio la casa de los hombres, y vio a un hombre con botas que llevaba un caballo de la soga. Vio también un pájaro muy grande que cantaba y entonces el coaticito se golpeó la frente y dijo:

—¡Qué zonzo soy! Ahora ya sé qué pájaro es ése. Es un gallo; mamá me lo mostró un día de arriba de un árbol. Los gallos tienen un canto lindísimo, y tienen muchas gallinas que ponen huevos. ¡Si yo pudiera comer huevos de gallina!...

Es sabido que nada gusta tanto a los bichos chicos de monte como los huevos de gallina. Durante un rato el coaticito se acordó de la recomendación de su madre. Pero el deseo pudo más, y se sentó a la orilla del monte, esperando que cerrara bien la noche para ir al gallinero.

La noche cerró por fin, y entonces, en puntas de pie y paso a paso, se encaminó a la casa. Llegó allá y escuchó atentamente: no se sentía el menor ruido. El coaticito, loco de alegría porque iba a comer cien, mil, dos mil huevos de gallina, entró en el gallinero, y lo primero que vio bien en la entrada fue un huevo que estaba solo en el suelo. Pensó un instante en dejarlo para el final, como postre, porque era un huevo muy grande, pero la boca se le hizo agua, y clavó los dientes en el huevo.

Apenas lo mordió, ¡TRAC!, un terrible golpe en la cara y un inmenso dolor en el hocico.

—¡Mamá, mamá! —gritó, loco de dolor, saltando a todos lados. Pero estaba sujeto, y en ese momento oyó el ronco ladrido de un perro.

Mientras el coatí esperaba en la orilla del monte que cerrara bien la noche para ir al gallinero, el hombre de la casa jugaban sobre la gramilla con sus hijos, dos criaturas rubias de cinco y seis años, que corrían riendo, se caían, se levantaban riendo otra vez, y volvían a caerse. El padre se caía también, con gran alegría de los chicos. Dejaron por fin de jugar porque ya era de noche, y el hombre dijo entonces:

—Voy a poner la trampa para cazar a la comadreja que viene a matar los pollos y robar los huevos.

Y fue y armó la trampa. Después comieron y se acostaron. Pero las criaturas no tenían sueño, y saltaban de la cama del uno a la del otro y se enredaban en el camisón. El padre, que leía en el comedor, los dejaba hacer. Pero los chicos de repente se detuvieron en sus saltos y gritaron:

—¡Papá! ¡Ha caído la comadreja en la trampa! ¡Tuké esta ladrando! ¡Nosotros también queremos ir, papá!

El padre consintió, pero no sin que las criaturas se pusieran las sandalias, pues nunca los dejaba andar descalzos de noche, por temor a las víboras.

Fueron. ¿Qué vieron allí? Vieron a su padre que se agachaba, teniendo al perro con una mano, mientras con la otra levantaba por la cola a un coatí, un coaticito chico aún, que gritaba con un chillido rapidísimo y estridente, como un grillo.

—¡Papá, no lo mates! —dijeron las criaturas—. ¡Es muy chiquito! ¡Dánoslo para nosotros!

—Bueno, se los voy a dar —respondió el padre—. Pero cuídenlo bien, y sobre todo no se olviden de que los coatís toman agua como ustedes.

Esto lo decía porque los chicos habían tenido una vez un gatito montés al cual a cada rato le llevaban carne, que sacaban de la fiambrera pero nunca le dieron agua, y se murió.

En consecuencia, pusieron al coatí en la misma jaula del gato montés, que estaba cerca del gallinero, y se acostaron todos otra vez.

Y cuando era más de medianoche y había un gran silencio, el coaticito, que sufría mucho por los dientes de la trampa, vio, a la luz de la luna, tres sombras que se acercaban con gran sigilo. El corazón le dio un vuelco al pobre coaticito al reconocer a su madre y sus dos hermanos que lo estaban buscando.

—¡Mamá, mamá! —murmuró el prisionero en voz muy baja para no hacer ruido—. ¡Estoy aquí! ¡Sáquenme de aquí! ¡No quiero quedarme, ma... má! —y lloraba desconsolado.

Pero a pesar de todo estaban contentos porque se habían encontrado, y se hacían mil caricias en el hocico.

Se trató en seguida de hacer salir al prisionero. Probaron primero cortar el alambre tejido, y los cuatro se pusieron a trabajar con los dientes; mas no conseguían nada. Entonces a la madre se le ocurrió de repente una idea, y dijo:

—¡Vamos a buscar las herramientas del hombre! Los hombres tienen herramientas para cortar fierro. Se llaman limas. Tienen tres lados como las víboras de cascabel. Se empuja y se retira. ¡Vamos a buscarla!

Fueron al taller del hombre y volvieron con la lima. Creyendo que uno solo no tendría fuerzas bastantes, sujetaron la lima entre los tres y empezaron el trabajo. Y se entusiasmaron tanto, que al rato la jaula entera temblaba con las sacudidas y hacía un terrible ruido. Tal ruido hacía, que el perro se despertó, lanzando un ronco ladrido. Mas los coatís no esperaron a que el perro les pidiera cuenta de ese escándalo y dispararon al monte, dejando la lima tirada.

Al día siguiente, los chicos fueron temprano a ver a su nuevo huésped, que estaba muy triste.

—¿Qué nombre le pondremos? —preguntó la nena a su hermano.

—¡Ya sé! —respondió el varoncito—. ¡Le pondremos Diecisiete!

¿Por qué Diecisiete? Nunca hubo bicho del monte con nombre más raro. Pero el varoncito estaba aprendiendo a contar, y tal vez le había llamado la atención aquel número.

El caso es que se llamó Diecisiete. Le dieron pan, uvas, chocolate, carne, langostas, huevos, riquísimos huevos de gallina, lograron que en un solo día se dejara rascar la cabeza; y tan grande es la sinceridad del cariño de las criaturas, que, al llegar la noche, el coatí estaba casi resignado con su cautiverio. Pensaba a cada momento en las cosas ricas que había para comer allí, y pensaba en aquellos rubios cachorritos de hombre que tan alegres y buenos eran.

Durante dos noches seguidas, el perro durmió tan cerca de la jaula, que la familia del prisionero no se atrevió a acercarse, con gran sentimiento. Cuando a la tercera noche llegaron de nuevo a buscar la lima para dar libertad al coaticito, éste les dijo:

—Mamá: yo no quiero irme más de aquí. Me dan huevos y son muy buenos conmigo. Hoy me dijeron que si me portaba bien me iban a dejar suelto muy pronto. Son como nosotros son cachorritos también, y jugamos juntos.

Los coatís salvajes quedaron muy tristes, pero se resignaron, prometiendo al coaticito venir todas las noches a visitarlo.

Efectivamente, todas las noches, lloviera o no, su madre y sus hermanos iban a pasar un rato con él. El coaticito les daba pan por entre el tejido de alambre, y los coatís salvajes se sentaban a comer frente a la jaula.

Al cabo de quince días, el coaticito andaba suelto y él mismo se iba de noche a su jaula. Salvo algunos tirones de orejas que se llevaba por andar muy cerca del gallinero, todo marchaba bien. Él y las criaturas se querían mucho, y los mismos coatís salvajes, al ver lo buenos que eran aquellos cachorritos de hombre, habían concluido por tomar cariño a las dos criaturas.

Hasta que una noche muy oscura, en que hacía mucho

calor y tronaba, los coatís salvajes llamaron al coaticito y nadie les respondió. Se acercaron muy inquietos y vieron entonces, en el momento en que casi la pisaban, una enorme víbora que estaba enroscada en la entrada de la jaula. Los coatís comprendieron en seguida que el coaticito había sido mordido al entrar, y no había respondido a su llamado porque acaso estaba ya muerto. Pero lo iban a vengar bien. En un segundo, entre los tres, enloquecieron a la serpiente de cascabel, saltando de aquí para allá, y en otro segundo, cayeron sobre ella, deshaciéndole la cabeza a mordiscones.

Corrieron entonces adentro, y allí estaba en efecto el coaticito, tendido, hinchado, con las patas temblando y muriéndose. En balde los coatís salvajes lo movieron; lo lamieron en balde por todo el cuerpo durante un cuarto de hora. El coaticito abrió por fin la boca y dejó de respirar, porque estaba muerto.

Los coatís son casi refractarios como se dice, al veneno de las víboras. No les hace casi nada el veneno, y hay otros animales, como la mangosta que resisten muy bien el veneno de las víboras. Con toda seguridad el coaticito había sido mordido en una arteria o una vena porque entonces la sangre se envenena en seguida, y el animal muere. Esto le había pasado al coaticito.

Al verlo así, su madre y sus hermanos lloraron un largo rato. Después, como nada más tenían que hacer allí, salieron de la jaula, se dieron vuelta para mirar por última vez la casa donde tan feliz había sido el coaticito, y se fueron otra vez al monte.

Pero los tres coatís, sin embargo, iban muy preocupados, y su preocupación era ésta: ¿qué iban a decir los chicos, cuando, al día siguiente, vieran muerto a su querido coaticito? Los chicos le querían muchísimo, y ellos, los coatís, querían también a los cachorritos rubios. Así es que los tres coatís tenían el mismo pensamiento, y era evitarles ese gran dolor a los chicos.

Hablaron un largo rato y al fin decidieron lo siguiente: el segundo de los coatís, que se parecía muchísimo al menor en cuerpo y en modo de ser, iba a quedarse en la jaula en vez del difunto. Como estaban enterados de muchos secretos de la casa, por los cuentos del coaticito, los chicos no desconocerían nada; extrañarían un poco algunas cosas, pero nada más.

Y así pasó en efecto. Volvieron a la casa, y un nuevo coaticito, reemplazó al primero, mientras la madre y el otro hermano se llevaban sujetos a los dientes el cadáver del menor. Lo llevaron despacio al monte, y la cabeza colgaba, balanceándose, y la cola iba arrastrando por el suelo.

Al día siguiente los chicos extrañaron, efectivamente, algunas costumbres raras del coaticito. Pero como éste era tan bueno y cariñoso como el otro, las criaturas no tuvieron la menor sospecha. Formaron la misma familia de cachorritos de antes, y, como antes, los coatís salvajes venían noche a noche a visitar al coaticito civilizado, y se sentaban a su lado a comer pedacitos de huevos duros que él les guardaba, mientras ellos le contaban la vida de la selva.

Las medias de los flamencos

Cierta vez las víboras dieron un gran baile. Invitaron a las ranas y a los sapos, a los flamencos, y a los yacarés y a los peces. Los peces, como no caminan, no pudieron bailar; pero siendo el baile a la orilla del río, los peces estaban asomados a la arena, y aplaudían con la cola.

Los yacarés, para adornarse bien, se habían puesto en el pescuezo un collar de plátanos, y fumaban cigarros paraguayos. Los sapos se habían pegado escamas de peces en todo el cuerpo, y caminaban meneándose, como si nadaran. Y cada vez que pasaban muy serios por la orilla del río, los peces les gritaban haciéndoles burla.

Las ranas se habían perfumado todo el cuerpo, y caminaban en dos pies. Además, cada una llevaba colgada, como un farolito, una luciérnaga que se balanceaba.

Pero las que estaban hermosísimas eran las víboras. Todas, sin excepción, estaban vestidas con traje de bailarina, del mismo color de cada víbora. Las víboras coloradas llevaban una pollerita de tul colorado; las verdes, una de tul verde; las amarillas, otra de tul amarillo; y las yararás, una pollerita de tul gris pintada con rayas de polvo de ladrillo y ceniza, porque así es el color de las yararás.

Y las más espléndidas de todas eran las víboras de que estaban vestidas con larguísimas gasas rojas, y negras, y bailaban como serpentinas Cuando las víboras danzaban y daban vueltas apoyadas en la punta de la cola, todos los invitados aplaudían como locos.

Sólo los flamencos, que entonces tenían las patas blancas, y tienen ahora como antes la nariz muy gruesa y torcida, sólo los flamencos estaban tristes, porque como tienen muy poca inteligencia, no habían sabido cómo adornarse. Envidiaban el traje de todos, y sobre todo el de las víboras de coral. Cada vez que una víbora pasaba por delante de ellos, coqueteando y haciendo ondular las gasas de serpentinas, los flamencos se morían de envidia.

Un flamenco dijo entonces:

—Yo sé lo que vamos a hacer. Vamos a ponernos medias coloradas, blancas y negras, y las víboras de coral se van a enamorar de nosotros.

Y levantando todos juntos el vuelo, cruzaron el río y fueron a golpear en un almacén del pueblo.

—¡Tan-tan! —pegaron con las patas.

—¿Quién es? —respondió el almacenero.

—Somos los flamencos. ¿Tiene medias coloradas, blancas y negras?

—No, no hay —contestó el almacenero—. ¿Están locos? En ninguna parte van a encontrar medias así. Los flamencos fueron entonces a otro almacén.

—¡Tan-tan! ¿Tienes medias coloradas, blancas y negras?

El almacenero contestó:

—¿Cómo dice? ¿Coloradas, blancas y negras? No hay medias así en ninguna parte. Ustedes están locos. ¿Quiénes son?

—Somos los flamencos —respondieron ellos.

Y el hombre dijo:

—Entonces son con seguridad flamencos locos.

Fueron a otro almacén.

—¡Tan-tan! ¿Tiene medias coloradas, blancas y negras?

El almacenero gritó:

—¿De qué color? ¿Coloradas, blancas y negras? Solamente a pájaros narigudos como ustedes se les ocurre pedir medias así. ¡Váyanse en seguida!

Y el hombre los echó con la escoba.

Los flamencos recorrieron así todos los almacenes, y de todas partes los echaban por locos.

Entonces un tatú, que había ido a tomar agua al río se quiso burlar de los flamencos y les dijo, haciéndoles un gran saludo:

—¡Buenas noches, señores flamencos! Yo sé lo que ustedes buscan. No van a encontrar medias así en ningún almacén. Tal vez haya en Buenos Aires, pero tendrán que pedirlas por encomienda postal. Mi cuñada, la lechuza, tiene medias así. Pídanselas, y ella les va a dar las medias coloradas, blancas y negras.

Los flamencos le dieron las gracias, y se fueron volando a la cueva de la lechuza. Y le dijeron:

—¡Buenas noches, lechuza! Venimos a pedirte las medias coloradas, blancas y negras. Hoy es el gran baile de las víboras, y si nos ponemos esas medias, las víboras de coral se van a enamorar de nosotros.

—¡Con mucho gusto! —respondió la lechuza—. Esperen un segundo, y vuelvo en seguida.

Y echando a volar, dejó solos a los flamencos; y al rato volvió con las medias. Pero no eran medias, sino cueros de víboras de coral, lindísimos cueros, recién sacados a las víboras que la lechuza había cazado.

—Aquí están las medias —les dijo la lechuza—. No se preocupen de nada, sino de una sola cosa: bailen toda la noche, bailen sin parar un momento, bailen de costado, de cabeza, como ustedes quieran; pero no paren un momento, porque en vez de bailar van entonces a llorar.

Pero los flamencos, como son tan tontos, no comprendían bien qué gran peligro había para ellos en eso, y locos de alegría se pusieron los cueros de las víboras como medias, metiendo las patas dentro de los cueros, que eran como tubos. Y muy contentos se fueron volando al baile.

Cuando vieron a tos flamencos con sus hermosísimas medias, todos les tuvieron envidia. Las víboras querían bailar con ellos únicamente, y como los flamencos no dejaban un Instante de mover las patas, las víboras no podían ver bien de qué estaban hechas aquellas preciosas medias.

Pero poco a poco, sin embargo, las víboras comenzaron a desconfiar. Cuando los flamencos pasaban bailando al lado de ellas, se agachaban hasta el suelo para ver bien.

Las víboras de coral, sobre todo, estaban muy inquietas. No apartaban la vista de las medias, y se agachaban también tratando de tocar con la lengua las patas de los flamencos, porque la lengua de la víbora es como la mano de las personas. Pero los flamencos bailaban y bailaban sin cesar, aunque estaban cansadísimos y ya no podían más.

Las víboras de coral, que conocieron esto, pidieron en seguida a las ranas sus farolitos, que eran bichitos de luz, y esperaron todas juntas a que los flamencos se cayeran de cansados.

Efectivamente, un minuto después, un flamenco, que ya no podía más, tropezó con un yacaré, se tambaleó y cayó de costado. En seguida las víboras de coral corrieron con sus farolitos y alumbraron bien las patas del flamenco. Y vieron qué eran aquellas medias, y lanzaron un silbido que se oyó desde la otra orilla del Paraná.

—¡No son medias! —gritaron las víboras—. ¡ Sabemos lo que es! ¡Nos han engañado! ¡Los flamencos han matado a nuestras hermanas y se han puesto sus cueros como medias! ¡Las medias que tienen son de víboras de coral

Al oír esto, los flamencos, llenos de miedo porque estaban descubiertos, quisieron volar; pero estaban tan cansados que no pudieron levantar una sola pata. Entonces las víboras de coral se lanzaron sobre ellos, y enroscándose en sus patas les deshicieron a mordiscones las medias. Les arrancaron las medias a pedazos, enfurecidas y les mordían también las patas, para que murieran.

Los flamencos, locos de dolor, saltaban de un lado para otro sin que las víboras de coral se desenroscaran de sus patas, Hasta que al fin, viendo que ya no quedaba un solo pedazo de medias, las víboras los dejaron libres, cansadas y arreglándose las gasas de sus trajes de baile.

Además, las víboras de coral estaban seguras de que los flamencos iban a morir, porque la mitad, por lo menos, de las víboras de coral que los habían mordido eran venenosas.

Pero los flamencos no murieron. Corrieron a echarse al agua, sintiendo un grandísimo dolor y sus patas, que eran blancas, estaban entonces coloradas por el veneno de las víboras. Pasaron días y días, y siempre sentían terrible ardor en las patas, y las tenían siempre de color de sangre, porque estaban envenenadas.

Hace de esto muchísimo tiempo. Y ahora todavía están los flamencos casi todo el día con sus patas coloradas metidas en el agua, tratando de calmar el ardor que sienten en ellas.

A veces se apartan de la orilla, y dan unos pasos por tierra, para ver cómo se hallan. Pero los dolores del veneno vuelven en seguida, y corren a meterse en el agua. A veces el ardor que sienten es tan grande, que encogen una pata y quedan así horas enteras, porque no pueden estirarla.

Esta es la historia de los flamencos, que antes tenían las patas blancas y ahora las tienen coloradas. Todos los peces saben por qué es, y se burlan de ellos. Pero los flamencos, mientras se curan en el agua, no pierden ocasión de vengarse, comiéndose a cuanto pececito se acerca demasiado a burlarse de ellos.

La tortuga gigante

Había una vez un hombre que vivía en Buenos Aires, y estaba muy contento porque era un hombre sano y trabajador. Pero un día se enfermó, y los médicos le dijeron que solamente yéndose al campo podría curarse. Él no quería ir, porque tenía hermanos chicos a quienes daba de comer; y se enfermaba cada día más. Hasta que un amigo suyo, que era director del Zoológico, le dijo un día:

—Usted es amigo mío, y es un hombre bueno y trabajador. Por eso quiero que se vaya a vivir al monte, a hace mucho ejercicio al aire libre para curarse. Y como usted tiene mucha puntería con la escopeta, cace bichos del monte para traerme los cueros, y yo le daré plata adelantada para que sus hermanitos puedan comer bien.

El hombre enfermo aceptó, y se fue a vivir al monte, lejos, más lejos que Misiones todavía. Hacía allá mucho calor, y eso le hacía bien.

Vivía solo en el bosque, y él mismo se cocinaba. Comía pájaros y bichos del monte, que cazaba con la escopeta, y después comía frutos. Dormía bajo los árboles, y cuando hacía mal tiempo construía en cinco minutos una ramada con hojas de palmera, y allí pasaba sentado y fumando, muy contento en medio del bosque que bramaba con el viento y la lluvia.

Había hecho un atado con los cueros de los animales, y lo llevaba al hombro. Había también agarrado vivas muchas víboras venenosas, y las llevaba dentro de un gran mate, porque allá hay mates tan grandes como una lata de kerosene.

El hombre tenía otra vez buen color, estaba fuerte y tenía apetito. Precisamente un día que tenía mucha hambre, porque hacía dos días que no cazaba nada, vio a la orilla de una gran laguna un tigre enorme que quería comer una tortuga, y la ponía parada de canto para meter dentro una pata y sacar la carne con las uñas. Al ver al hombre el tigre lanzó un rugido espantoso y se lanzó de un salto sobre él. Pero el cazador, que tenía una gran puntería, le apuntó entre los dos ojos, y le rompió la cabeza. Después le sacó el cuero, tan grande que él solo podría servir de alfombra para un cuarto.

—Ahora —se dijo el hombre—, voy a comer tortuga, que es una carne muy rica.

Pero cuando se acercó a la tortuga, vio que estaba ya herida, y tenía la cabeza casi separada del cuello, y la cabeza colgaba casi de dos o tres hilos de carne.

A pesar del hambre que sentía, el hombre tuvo lástima de la pobre tortuga, y la llevó arrastrando con una soga hasta su ramada y le vendó la cabeza con tiras de género que sacó de su camisa, porque no tenía más que una sola camisa, y no tenía trapos. La había llevado arrastrando porque la tortuga era inmensa, tan alta como una silla, y pesaba como un hombre.

La tortuga quedó arrimada a un rincón, y allí pasó días y días sin moverse.

El hombre la curaba todos los días, y después le daba golpecitos con la mano sobre el lomo.

La tortuga sanó por fin. Pero entonces fue el hombre quien se enfermó. Tuvo fiebre, y le dolía todo el cuerpo.

Después no pudo levantarse más. La fiebre aumentaba siempre, y la garganta le quemaba de tanta sed. El hombre comprendió entonces que estaba gravemente enfermo, y habló en voz alta, aunque estaba solo, porque tenía mucha fiebre.

—Voy a morir —dijo el hombre—. Estoy solo, ya no puedo levantarme más, y no tengo quien me dé agua, siquiera. Voy a morir aquí de hambre y de sed.

Y al poco rato la fiebre subió más aún, y perdió el conocimiento.

Pero la tortuga lo había oído, y entendió lo que el cazador decía. Y ella pensó entonces:

—El hombre no me comió la otra vez, aunque tenía mucha hambre, y me curó. Yo le voy a curar a él ahora.

Fue entonces a la laguna, buscó una cáscara de tortuga chiquita, y después de limpiarla bien con arena y ceniza la llenó de agua y le dio de beber al hombre, que estaba tendido sobre su manta y se moría de sed. Se puso a buscar enseguida raíces ricas y yuyitos tiernos, que le llevó al hombre para que comiera. El hombre comía sin darse cuenta de quién le daba la comida, porque tenía delirio con la fiebre y no conocía a nadie.

Todas las mañanas, la tortuga recorría el monte buscando raíces cada vez más ricas para darle al hombre, y sentía no poder subirse a los árboles para llevarle frutas.

El cazador comió así días y días sin saber quién le daba la comida, y un día recobró el conocimiento. Miró a todos lados, y vio que estaba solo, pues allí no había más que él y la tortuga, que era un animal. Y dijo otra vez en voz alta:

—Estoy solo en el bosque, la fiebre va a volver de nuevo, y voy a morir aquí, porque solamente en Buenos Aires hay remedios para curarme. Pero nunca podré ir, y voy a morir aquí.

Pero también esta vez la tortuga lo había oído, y se dijo:

—Si queda aquí en el monte se va a morir, porque no hay remedios, y tengo que llevarlo a Buenos Aires.

Dicho esto, cortó enredaderas finas y fuertes, que son como piolas, acostó con mucho cuidado al hombre encima de su lomo, y lo sujetó bien con las enredaderas para que no se cayese. Hizo muchas pruebas para acomodar bien la escopeta, los cueros y el mate con víboras, y al fin consiguió lo que quería, sin molestar al cazador, y emprendió entonces el viaje.

La tortuga, cargada así, caminó, caminó y caminó de día y de noche. Atravesó montes, campos, cruzó a nado ríos de una legua de ancho, y atravesó pantanos en que quedaba casi enterrada, siempre con el hombre moribundo encima. Después de ocho o diez horas de caminar, se detenía, deshacía los nudos, y acostaba al hombre con mucho cuidado, en un lugar donde hubiera pasto bien seco.

Iba entonces a buscar agua y raíces tiernas, y le daba al hombre enfermo. Ella comía también, aunque estaba tan cansada que prefería dormir.

A veces tenía que caminar al sol; y como era verano, el cazador tenía tanta fiebre que deliraba y se moría de sed. Gritaba: ¡agua!, ¡agua!, a cada rato. Y cada vez la tortuga tenía que darle de beber.

Así anduvo días y días, semana tras semana. Cada vez estaban más cerca de Buenos Aires, pero también cada día la tortuga se iba debilitando, cada día tenía menos fuerza, aunque ella no se quejaba. A veces se quedaba tendida, completamente sin fuerzas, y el hombre recobraba a medias el conocimiento. Y decía, en voz alta:

—Voy a morir, estoy cada vez más enfermo, y sólo en Buenos Aires me podría curar. Pero voy a morir aquí, solo, en el monte.

Él creía que estaba siempre en la ramada, porque no se daba cuenta de nada. La tortuga se levantaba entonces, y emprendía de nuevo el camino.

Pero llegó un día, un atardecer, en que la pobre tortuga no pudo más. Había llegado al límite de sus fuerzas, y no podía más. No había comido desde hacía una semana para llegar más pronto. No tenía más fuerza para nada.

Cuando cayó del todo la noche, vio una luz lejana en el horizonte, un resplandor que iluminaba el cielo, y no supo qué era. Se sentía cada vez más débil, y cerró entonces los ojos para morir junto con el cazador, pensando con tristeza que no había podido salvar al hombre que había sido bueno con ella.

Y sin embargo, estaba ya en Buenos Aires, y ella no lo sabía. Aquella luz que veía en el cielo era el resplandor de la ciudad, e iba a morir cuando estaba ya al fin de su heroico viaje.

Pero un ratón de la ciudad —posiblemente el ratoncito Pérez— encontró a los dos viajeros moribundos.

—¡Qué tortuga! —dijo el ratón—. Nunca he visto una tortuga tan grande. ¿Y eso que llevas en el lomo, qué es? ¿Es leña?

—No —le respondió con tristeza la tortuga—. Es un hombre.

—¿Y adónde vas con ese hombre? —añadió el curioso ratón.

—Voy... voy... Quería ir a Buenos Aires —respondió la pobre tortuga en una voz tan baja que apenas se oía—. Pero vamos a morir aquí, porque nunca llegaré...

—¡Ah, zonza, zonza! —dijo riendo el ratoncito—. ¡Nunca vi una tortuga más zonza! ¡Si ya has llegado a Buenos Aires! Esa luz que ves allá, es Buenos Aires.

Al oír esto, la tortuga se sintió con una fuerza inmensa, porque aún tenía tiempo de salvar al cazador, y emprendió la marcha.

Y cuando era de madrugada todavía, el director del Jardín Zoológico vio llegar a una tortuga embarrada y sumamente flaca, que traía acostado en su lomo y atado con enredaderas, para que no se cayera, a un hombre que se estaba muriendo. El director reconoció a su amigo, y él mismo fue corriendo a buscar remedios, con los que el cazador se curó enseguida.

Cuando el cazador supo cómo lo había salvado la tortuga, cómo había hecho un viaje de trescientas leguas para que tomara remedios, no quiso separarse más de ella. Y como él no podía tenerla en su casa, que era muy chica, el director del Zoológico se comprometió a tenerla en el Jardín, y a cuidarla como si fuera su propia hija.

Y así pasó. La tortuga, feliz y contenta con el cariño que le tienen, pasea por todo el jardín, y es la misma gran tortuga que vemos todos los días comiendo el pastito alrededor de las jaulas de los monos.

El paso del Yabebirí

En el río Yabebirí, que está en Misiones, hay muchas rayas, porque «Yabebirí» quiere decir precisamente «Río-de-las-rayas». Hay tantas, que a veces es peligroso meter un solo pie en el agua. Yo conocí un hombre a quien lo picó una raya en el talón y que tuvo que caminar rengueando media legua para llegar a su casa: el hombre iba llorando y cayéndose de dolor. Es uno de los dolores más fuertes que se puede sentir.

Como en el Yabebirí hay también muchos otros peces, algunos hombres van a cazarlos con bombas de dinamita. Tiran una bomba al río, matando millones de peces. Todos los peces que están cerca mueren, aunque sean grandes como una casa. Y mueren también todos los chiquitos, que no sirven para nada.

Ahora bien: una vez un hombre fue a vivir allá, y no quiso que tiraran bombas de dinamita, porque tenía lastima de los pececitos. Él no se oponía a que pescaran en el río para comer; pero no quería que mataran inútilmente a millones de pececitos. Los hombres que tiraban bombas se enojaron al principio, pero como el hombre tenía un carácter serio, aunque era muy bueno, los otros se fueron a cazar a otra parte, y todos los peces quedaron muy contentos. Tan contentos y agradecidos estaban a su amigo que había salvado a los pececitos, que lo conocían apenas se acercaba a la orilla Y cuando él andaba por la costa fumando, las rayas lo seguían arrastrándose por el barro, muy contentas de acompañar a su amigo. Él no sabía nada, y vivía feliz en aquel lugar.

Y sucedió que una vez, una tarde, un zorro llegó corriendo hasta el Yabebirí, y metió las patas en el agua, gritando:

—¡Eh, rayas! ¡Ligero! Ahí viene el amigo de ustedes, herido.

Las rayas, que lo oyeron, corrieron ansiosas a la orilla. Y le preguntaron al zorro:

—¿Qué pasa? ¿Dónde está el hombre?

—¡Ahí viene! —gritó el zorro de nuevo—. ¡Ha peleado con un tigre! ¡El tigre viene corriendo! ¡Seguramente va a cruzar a la isla! ¡Denle paso, porque es un hombre bueno!

—¡Ya lo creo! ¡Ya lo creo que le vamos a dar paso! —Contestaron las rayas—. ¡Pero lo que es el tigre, ése no va a pasar!

—¡Cuidado con él! —gritó aún el zorro— ¡No se olviden de que es el tigre!.

Y pegando un brinco, el zorro entró de nuevo en el monte.

Apenas acababa de hacer esto, cuando el hombre apartó las ramas y apareció todo ensangrentado y la camisa rota. La sangre le caía por la cara y el pecho hasta el pantalón, y desde las arrugas del pantalón, la sangre caía a la arena. Avanzó tambaleando hacia la orilla, porque estaba muy herido, y entró en el río. Pero apenas puso un pie en el agua, las rayas que estaban amontonadas se apartaron de su paso, y el hombre llegó con el agua al pecho hasta la isla, sin que una raya lo picara. Y conforme llegó, cayó desmayado en la misma arena, por la gran cantidad de sangre que había perdido.

Las rayas no habían aún tenido tiempo de compadecer

del todo a su amigo moribundo, cuando un terrible rugido les hizo dar un brinco en el agua.

—¡El tigre! ¡El tigre! —gritaron todas, lanzándose como una flecha a la orilla.

En efecto, el tigre que había peleado con el hombre y que lo venía persiguiendo había llegado a la costa del Yabebirí. El animal estaba también muy herido, y la sangre le corría por todo el cuerpo. Vio al hombre caído como muerto en la isla, y lanzando un rugido de rabia, se echó al agua, para acabar de matarlo.

Pero apenas hubo metido una pata en el agua, sintió como si lo hubieran clavado ocho o diez terribles clavos en las patas, y dio un salto atrás: eran las rayas, que defendían el paso del río, y le habían clavado con toda su fuerza el aguijón de la cola.

El tigre quedó roncando de dolor, con la pata en el aire; y al ver toda el agua de la orilla turbia como si removieran el barro del fondo, comprendió que eran las rayas que no lo querían dejar pasar. Y entonces gritó enfurecido:

—¡Ah, ya sé lo que es! ¡Son ustedes, malditas rayas! ¡Salgan del camino!

—¡No salimos! —respondieron las rayas.

—¡Salgan!

—¡No salimos! ¡Él es un hombre bueno! ¡No hay derecho para matarlo!

—¡Él me ha herido a mí!

—¡Los dos se han herido! ¡Esos son asuntos de ustedes en el monte! ¡Aquí está bajo nuestra protección!... ¡No se pasa!

—¡Paso! —rugió por última vez el tigre.

—¡NI NUNCA! —respondieron las rayas. (Ellas dijeron «ni nunca» porque así dicen los que hablan guaraní como en Misiones.)

—¡Vamos a ver! —rugió aún el tigre. Y retrocedió para tomar impulso y dar un enorme salto.

El tigre sabía que las rayas están casi siempre en la orilla; y pensaba que si lograba dar un salto muy grande acaso no hallara más rayas en el medio del río, y podría así comer al hombre moribundo.

Pero las rayas lo habían adivinado y corrieron todas al medio del río, pasándose la voz:

—¡Fuera de la orilla! —gritaban bajo el agua—. ¡Adentro! ¡A la canal! ¡A la canal!

Y en un segundo el ejército de rayas se precipitó río adentro, a defender el paso, a tiempo que el tigre daba su enorme salto y caía en medio del agua. Cayó loco de alegría, porque en el primer momento no sintió ninguna picadura, y creyó que las rayas habían quedado todas en la orilla, engañadas...

Pero apenas dio un paso, una verdadera lluvia de aguijonazos, como puñaladas de dolor, lo detuvieron en seco: eran otra vez las rayas, que le acribillaban las patas a picaduras.

El tigre quiso continuar, sin embargo; pero el dolor era tan atroz, que lanzó un alarido y retrocedió corriendo como loco a la orilla. Y se echó en la arena de costado, porque no podía más de sufrimiento; y la barriga subía y bajaba como si estuviera cansadísimo.

Lo que pasaba es que el tigre estaba envenenado con el veneno de las rayas.

Pero aunque habían vencido al tigre, las rayas no estaban tranquilas porque tenían miedo de que viniera la tigra y otros tigres, y otros muchos más... Y ellas no podrían defender más el paso.

En efecto, el monte bramó de nuevo, y apareció la tigra, que se puso loca de furor al ver al tigre tirado de costado en la arena. Ella vio también el agua turbia por el movimiento de las rayas, y se acercó al río. Y tocando casi el agua con la boca, gritó:

—¡Rayas! ¡Quiero paso!

—¡No hay paso! —respondieron las rayas.

—¡No va a quedar una sola raya con cola, si no dan paso! rugió la tigra.

—¡Aunque quedemos sin cola, no se pasa! —respondieron ellas.

—¡Por última vez, paso!

—¡NI NUNCA! —gritaron las rayas.

La tigra, enfurecida, había metido sin querer una pata en el agua, y una raya, acercándose despacio, acababa de clavarle todo el aguijón entre los dedos. Al rugido de dolor del animal, las rayas respondieron, sonriéndose:

—¡Parece que todavía tenemos cola! Pero la tigra había tenido una idea, y con esa idea entre las cejas, se alejaba de allí, costeando el río aguas arriba, y sin decir una palabra.

Mas las rayas comprendieron también esta vez cuál era el plan de su enemigo. El plan de su enemigo era éste: pasar el río por otra parte, donde las rayas no sabían que había que defender el paso. Y una inmensa ansiedad se apoderó entonces de las rayas.

—¡Va a pasar el río aguas más arriba! —gritaron—. ¡No queremos que mate al hombre! ¡Tenemos que defender a nuestro amigo!

Y se revolvían desesperadas entre el barro, hasta enturbiar el río.

—¡Pero qué hacemos! —decían—. Nosotras no sabemos nadar ligero... ¡La tigra va a pasar antes que las rayas de allá sepan que hay que defender el paso a toda costa!

Y no sabían qué hacer. Hasta que una rayita muy inteligente dijo de pronto:

—¡Ya está! ¡Qué vaya los dorados! ¡Los dorados son amigos nuestros! ¡Ellos nadan más ligero que nadie!

—¡Eso es! —gritaron todas—. ¡Que vayan los dorados!

Y en un instante la voz pasó y en otro instante se vieron ocho o diez filas de dorados, un verdadero ejército de dorados que nadaban a toda velocidad aguas arriba, y que iban dejando surcos en el agua, como los torpedos.

A pesar de todo, apenas tuvieron tiempo de dar la orden de cerrar el paso a los tigres; la tigra ya había nadado, y estaba ya por llegar a la isla.

Pero las rayas habían corrido ya a la orilla, y en cuanto la tigra hizo pie, las rayas se abalanzaron contra sus patas, deshaciéndoselas a aguijonazos. El animal, enfurecido y loco de dolor, rugía, saltaba en el agua, hacia volar nubes de agua a manotones. Pero las rayas continuaban precipitándose contra sus patas, cerrándole el paso de tal modo, que la tigra dio vuelta, nadó de nuevo y fue a echarse a su vez a la orilla, con las cuatro patas monstruosamente hinchadas; por allí tampoco sé podía ir a comer al hombre.

Mas las rayas estaban también muy cansadas. Y lo que es peor, el tigre y la tigra habían acabado por levantarse y entraban en el monte.

¿Qué iban a hacer? Esto tenía muy inquietas a las rayas, y tuvieron una larga conferencia. Al fin dijeron:

—¡Ya sabemos lo que es! Van a ir a buscar a los otros tigres y van a venir todos. ¡Van a venir todos los tigres y van a pasar!

—¡NI NUNCA! —gritaron las rayas más jóvenes y que no tenían tanta experiencia.

—¡Sí, pasarán, compañeritas! —respondieron tristemente las más viejas—. Si son muchos acabarán por pasar... Vamos a consultar a nuestro amigo.

Y fueron todas a ver al hombre, pues no habían tenido tiempo aún de hacerlo, por defender el paso del río.

El hombre estaba siempre tendido, porque había perdido mucha sangre, pero podía hablar y moverse un poquito. En un instante las rayas le contaron lo que había pasado, y cómo habían defendido el paso a los tigres que lo querían comer. El hombre herido se enterneció mucho con la amistad de las rayas que le habían salvado la vida y dio la mano con verdadero cariño a las rayas que estaban más cerca de él. Y dijo entonces:

—¡No hay remedio! Si los tigres son muchos, y quieren pasar, pasarán...

—¡No pasarán! —dijeron las rayas chicas—. ¡Usted es nuestro amigo y no van a pasar!

—¡Sí, pasarán, compañeritas! —dijo el hombre. Y añadió, hablando en voz baja—: El único modo sería mandar a alguien a casa a buscar el winchester con muchas balas... pero yo no tengo ningún amigo en el río, fuera de los peces... y ninguno de ustedes sabe andar por la tierra.

—¿Qué hacemos entonces? —dijeron las rayas ansiosas.

—A ver, a ver... —dijo entonces el hombre, pasándose la mano por la frente, como si recordara algo—. Yo tuve un amigo... un carpinchito que se crió en casa y que jugaba con mis hijos... Un día volvió otra vez al monte y creo que vivía aquí, en el Yabebirí... pero no sé dónde estará...

Las rayas dieron entonces un grito de alegría: —¡Ya sabemos! ¡Nosotras lo conocemos! ¡Tiene su guarida en la punta de la isla! ¡Él nos habló una vez de usted! ¡Lo vamos a mandar buscar en seguida! Y dicho y hecho: un dorado muy grande voló río abajo a buscar al carpinchito; mientras el hombre disolvía una gota de sangre seca en la palma de la mano, para hacer tinta, y con una espina de pescado, que era la pluma, escribió en una hoja seca, que era el papel. Y escribió esta carta: Mándenme con el carpinchito el winchester y una caja entera de veinticinco balas.

Apenas acabó el hombre de escribir, el monte entero tembló con un sordo rugido; eran todos los tigres que se acercaban a entablar la lucha. Las rayas llevaban la carta con la cabeza afuera del agua para que no se mojara, y se la dieron al carpinchito, el cual salió corriendo por entre el pajonal a llevarla a la casa del hombre.

Y ya era tiempo, porque los rugidos, aunque lejanos aún, se acercaban velozmente. Las rayas reunieron entonces a los dorados que estaban esperando órdenes, y les gritaron:

—¡Ligero, compañeros! ¡Recorran todo el río y den la voz de alarma! ¡Que todas las rayas estén prontas en todo el río! ¡Que se encuentren todas alrededor de la isla! ¡Veremos si van a pasar!

Y el ejército de dorados voló en seguida, río arriba y río abajo, haciendo rayas en el agua con la velocidad que llevaban.

No quedó raya en todo el Yabebirí que no recibiera orden de concentrarse en las orillas del río, alrededor de la isla. De todas partes, de entre las piedras, de entre el barro, de la boca de los arroyitos, de todo el Yabebirí entero, las rayas acudían a defender el paso contra los tigres. Y por delante de la isla, los dorados cruzaban y recruzaban a toda velocidad.

Ya era tiempo, otra vez; un inmenso rugido hizo temblar el agua misma de la orilla, y los tigres desembocaron en la costa.

Eran muchos; parecía que todos los tigres de Misiones estuvieran allí. Pero el Yabebirí entero hervía también de rayas, que se lanzaron a la orilla, dispuestas a defender a todo trance el paso.

—¡Paso a los tigres!

—¡No hay paso! —respondieron las rayas.

—¡Paso, de nuevo!

—¡No se pasa!

—¡No va a quedar raya, ni hijo de raya, ni nieto de raya, si no dan paso!

—¡Es posible! —respondieron las rayas—. ¡Pero ni los tigres, ni los hijos de tigres, ni los nietos de tigres, ni todos los tigres del mundo van a pasar por aquí!

Así respondieron las rayas. Entonces los tigres rugieron por última vez:

—¡Paso pedimos!

—¡NI NUNCA!

Y la batalla comenzó entonces. Con un enorme salto los tigres se lanzaron al agua. Y cayeron todos sobre un verdadero piso de rayas. Las rayas les acribillaron las patas a aguijonazos, y a cada herida los tigres lanzaban un rugido de dolor. Pero ellos se defendían a zarpazos manoteando como locos en el agua. Y las rayas volaban por el aire con el vientre abierto por las uñas de los tigres.

El Yabebirí parecía un río de sangre. Las rayas morían a centenares... pero los tigres recibían también terribles heridas, y se retiraban a tenderse y rugir en la playa, horriblemente hinchados. Las rayas, pisoteadas, deshechas por las patas de los tigres, no desistían; acudían sin cesar a defender el paso. Algunas volaban por el aire, volvían a caer al río, y se precipitaban de nuevo contra los tigres.

Media hora duró esta lucha terrible. Al cabo de esa media hora, todos los tigres estaban otra vez en la playa, sentados de fatiga y rugiendo de dolor; ni uno solo había pasado.

Pero las rayas estaban también deshechas de cansancio. Muchas, muchísimas habían muerto. Y las que quedaban vivas dijeron:

—No podremos resistir dos ataques como éste. ¡Que los dorados vayan a buscar refuerzos! ¡Que vengan en seguida todas las rayas que haya en el Yabebirí!

Y los dorados volaron otra vez río arriba y río abajo, e iban tan ligeros que dejaban surcos en el agua, como los torpedos.

Las rayas fueron entonces a ver al hombre.

—¡No podremos resistir más! —le dijeron tristemente las rayas.

Y aun algunas rayas lloraban, porque veían que no podrían salvar a su amigo.

—¡Váyanse, rayas! —respondió el hombre herido—. ¡Déjenme solo! ¡Ustedes han hecho ya demasiado por mí! ¡Dejen que los tigres pasen!

—¡NI NUNCA! —gritaron las rayas en un solo clamor—. ¡Mientras haya una sola raya viva en el Yabebirí, que es nuestro río, defenderemos al hombre bueno que nos defendió antes a nosotras!

El hombre herido exclamó entonces, contento:

—¡Rayas! ¡Yo estoy casi por morir, y apenas puedo hablar; pero yo les aseguro que en cuanto llegue el winchester, vamos a tener farra para largo rato; esto yo se lo aseguro a ustedes!

—¡Sí, ya lo sabemos! —contestaron las rayas entusiasmadas. Pero no pudieron concluir de hablar, porque la batalla recomenzaba. En efecto: los tigres, que ya habían descansado se pusieron bruscamente en pie, y agachándose como quien va saltar, rugieron:

—¡Por última vez, y de una vez por todas: paso!

—¡Ni NUNCA! —respondieron las rayas lanzándose a la orilla. Pero los tigres habían saltado a su vez al agua y recomenzó la terrible lucha. Todo el Yabebirí, ahora de orilla a orilla, estaba rojo de sangre, y la sangre hacía espuma en la arena de la playa. Las rayas volaban deshechas por el aire y los tigres rugían de dolor; pero nadie retrocedía un paso.

Y los tigres no sólo no retrocedían, sino que avanzaban. En balde el ejército de dorados pasaba a toda velocidad río arriba y río abajo, llamando a las rayas: las rayas se habían concluido; todas estaban luchando frente a la isla y la mitad había muerto ya. Y las que quedaban estaban todas heridas y sin fuerzas.

Comprendieron entonces que no podrían sostenerse un minuto más, y que los tigres pasarán; y las pobres rayas, que preferían morir antes que entregar a su amigo, se lanzaron por última vez contra los tigres. Pero ya todo era inútil. Cinco tigres nadaban ya hacia la costa de la isla. Las rayas, desesperadas, gritaron:

—¡A la isla! ¡Vamos todas a la otra orilla!

Pero también esto era tarde: dos tigres más se habían echado a nado, y en un instante todos los tigres estuvieron en medio del río, y no se veía más que sus cabezas.

Pero también en ese momento un animalito, un pobre animalito colorado y peludo cruzaba nadando a toda fuerza el Yabebirí: era el carpinchito, que llegaba a la isla llevando el winchester y las balas en la cabeza para que no se mojaran.

El hombre dio un gran grito de alegría, porque le quedaba tiempo para entrar en defensa de las rayas. Le pidió al carpinchito que lo empujara con la cabeza para colocarse de costado, porque él solo no podía; y ya en esta posición cargó el winchester con la rapidez del rayo.

Y en el preciso momento en que las rayas, desgarradas, aplastadas, ensangrentadas, veían con desesperación que habían perdido la batalla y que los tigres iban a devorar a su pobre amigo herido, en ese momento oyeron un estampido, y vieron que el tigre que iba delante y pisaba ya la arena, daba un gran salto y caía muerto, con la frente agujereada de un tiro.

—¡Bravo, bravo! —clamaron las rayas, locas de contento. ¡El hombre tiene el winchester! ¡Ya estamos salvadas!

Y enturbiaban toda el agua verdaderamente locas de alegría. Pero el hombre proseguía tranquilo tirando, y cada tiro era un nuevo tigre muerto. Y a cada tigre que caía muerto lanzando un rugido, las rayas respondían con grandes sacudidas de la cola.

Uno tras otro, como si el rayo cayera entre sus cabezas, los tigres fueron muriendo a tiros. Aquello duró solamente dos minutos. Uno tras otro se fueron al fondo del río, y allí las palometas los comieron. Algunos boyaron después, y entonces los dorados los acompañaron hasta el Paraná, comiéndolos, y haciendo saltar el agua de contento.

En poco tiempo las rayas, que tienen muchos hijos, volvieron a ser tan numerosas como antes. El hombre se curó, y quedó tan agradecido a las rayas que le habían salvado la vida, que se fue a vivir a la isla. Y allí, en las noches de verano le gustaba tenderse en la playa y fumar a la luz de la luna, mientras las rayas, hablando despacito, se lo mostraban a los peces, que no le conocían, contándoles la gran batalla que, aliadas a ese hombre, habían tenido una vez contra los tigres.

El loro pelado

Había una vez una bandada de loros que vivía en el monte.

De mañana temprano iban a comer choclos a la chacra, y de tarde comían naranjas. Hacían gran barullo con sus gritos, y tenían siempre un loro de centinela en los árboles más altos, para ver si venía alguien.

Los loros son tan dañinos como la langosta, porque abren los choclos para picotearlos, los cuales, después se pudren con la Lluvia. Y como al mismo tiempo los loros son ricos para comerlos guisados, los peones los cazaban a tiros.

Un día un hombre bajó de un tiro a un loro centinela, el que cayó herido y peleó un buen rato antes de dejarse agarrar. El peón lo Llevó a la casa, para los hijos del patrón; los chicos lo curaron porque no tenía más que un ala rota. El loro se curó muy bien, y se amansó completamente. Se Llamaba Pedrito. Aprendió a dar la pata; le gustaba estar en el hombro de las personas y les hacía cosquillas en la oreja.

Vivía suelto, y pasaba casi todo el día en los naranjos y eucaliptos del jardín. Le gustaba también burlarse de las gallinas. A las cuatro o cinco de la tarde, que era la hora en que tomaban el té en la casa, el loro entraba también en el comedor, y se subía por el mantel, a comer pan mojado en leche. Tenía locura por el té con leche.

Tanto se daba Pedrito con los chicos, y tantas cosas le decían las criaturas, que el loro aprendió a hablar.

Decía: «¡Buen día, lorito! ¡Rica la papa! ¡Papa para Pedrito!...» Decía otras cosas más que no se pueden decir, porque los loros, como los chicos, aprenden con gran facilidad malas palabras.

Cuando Llovía, Pedrito se encrespaba y se contaba a sí mismo una porción de cosas, muy bajito. Cuando el tiempo se componía, volaba entonces gritando como un loco.

Era, como se ve, un loro bien feliz, que además de ser libre, como lo desean todos los pájaros, tenía también, como las personas ricas, su five o clock tea.

Ahora bien: en medio de esta felicidad, sucedió que una tarde de lluvia salió por fin el sol después de cinco días de temporal, y Pedrito se puso a volar gritando:

—¡Qué lindo día, lorito!... ¡Rica, papa!... ¡La pata, Pedrito!... y volaba lejos, hasta que vio debajo de él, muy abajo, el río Paraná, que parecía una lejana y ancha cinta blanca. Y siguió, siguió volando, hasta que se asentó por fin en un árbol a descansar.

Y he aquí que de pronto vio brillar en el suelo, a través de las ramas, dos luces verdes, como enormes bichos de luz.

—¿Qué será? —se dijo el loro— ¡Rica, papa!... ¿Qué será eso?... ¡Buen día, Pedrito!... El loro hablaba siempre así, como todos los loros, mezclando las palabras sin ton ni son, y a veces costaba entenderlo. Y como era muy curioso, fue bajando de rama en rama, hasta acercarse.

Entonces vio que aquellas dos luces verdes eran los ojos de un tigre que estaba agachado, mirándolo fijamente.

Pero Pedrito estaba tan contento con el lindo día, que no tuvo ningún miedo.

—¡Buen día, tigre! —le dijo— ¡La pata, Pedrito!...

226

Y el tigre, con esa voz terriblemente ronca que tiene, le respondió:

—¡Bu-en día!

—¡Buen día, tigre! —repitió el loro—. ¡Rica, papa!... ¡rica, papa!... ¡rica papa!...

Y decía tantas veces «¡rica papa!» porque ya eran las cuatro de la tarde, y tenía muchas ganas de tomar té con leche. El loro se había olvidado de que los bichos del monte no toman té con leche, y por esto lo convidó al tigre.

—¡Rico té con leche! —le dijo—. ¡Buen día, Pedrito!... ¿Quieres tomar té con leche conmigo, amigo tigre?

Pero el tigre se puso furioso porque creyó que el loro se reía de él, y además, como tenía a su vez hambre, se quiso comer al pájaro hablador. Así que le contestó:

—¡Bue-no! ¡Acérca-te un po-co que soy sor-do!

El tigre no era sordo; lo que quería era que Pedrito se acercara mucho para agarrarlo de un zarpazo. Pero el loro no pensaba sino en el gusto que tendrían en la casa cuando él se presentara a tomar té con leche con aquel magnífico amigo. Y voló hasta otra rama más cerca del suelo.

—¡Rica, papa, en casa! —repitió gritando cuanto podía.

—¡Más cer-ca! ¡No oi-go! —respondió el tigre con su voz ronca.

El loro se acercó un poco más y dijo:

—¡Rico, té con leche!

—¡Más cer-ca toda-vía! —repitió el tigre.

El pobre loro se acercó aún más, y en ese momento el tigre dio un terrible salto, tan alto como una casa, y alcanzó con la punta de las uñas a Pedrito. No alcanzó a matarlo, pero le arrancó todas las plumas del lomo y la cola entera. No le quedó una sola pluma en la cola.

—¡Tomá! —rugió el tigre—. Andá a tomar té con leche...

El loro, gritando de dolor y de miedo, se fue volando, pero no podía volar bien, porque le faltaba la cola, que es como el timón de los pájaros. Volaba cayéndose en el aire de un lado para otro, y todos los pájaros que lo encontraban se alejaban asustados de aquel bicho raro.

Por fin pudo llegar a la casa, y lo primero que hizo fue mirarse en el espejo de la cocinera. ¡Pobre, Pedrito! Era el pájaro más raro y más feo que puede darse, todo pelado, todo rabón y temblando de frío. ¿Cómo iba a presentarse en el comedor con esa figura? Voló entonces hasta el hueco que había en el tronco de un eucalipto y que era como una cueva, y se escondió en el fondo, tiritando de frío y de vergüenza.

Pero entretanto, en el comedor todos extrañaban su ausencia:

—¿Dónde estará Pedrito? —decían. Y llamaban—: ¡Pedrito! ¡Rica, papa, Pedrito! ¡Té con leche, Pedrito!

Pero Pedrito no se movía de su cueva, ni respondía nada, mudo y quieto. Lo buscaron por todas partes, pero el loro no apareció. Todos creyeron entonces que Pedrito había muerto, y los chicos se echaron a Llorar.

Todas las tardes, a la hora del té, se acordaban siempre del loro, y recordaban también cuánto le gustaba comer pan mojado en té con leche. ¡Pobre, Pedrito! Nunca más lo verían porque había muerto.

Pero Pedrito no había muerto, sino que continuaba en su cueva sin dejarse ver por nadie, porque sentía mucha vergüenza de verse pelado como un ratón. De noche bajaba a comer y subía en seguida. De madrugada descendía de nuevo, muy ligero, iba a mirarse en el espejo de la cocinera, siempre muy triste porque las plumas tardaban mucho en crecer.

Hasta que por fin un día, o una tarde, la familia sentada a la mesa a la hora del té vio entrar a Pedrito muy tranquilo, balanceándose como si nada hubiera pasado. Todos se querían morir, morir de gusto cuando lo vieron bien vivo y con lindísimas plumas.

—¡Pedrito, lorito! —le decían—. ¡Qué te pasó, Pedrito! ¡Qué plumas brillantes que tiene el lorito!

Pero no sabían que eran plumas nuevas, y Pedrito, muy serio, no decía tampoco una palabra. No hacía sino comer pan mojado en té con leche. Pero lo que es hablar, ni una sola palabra.

Por eso, el dueño de casa se sorprendió mucho cuando a la mañana siguiente el loro fue volando a pararse en su hombro, charlando como un loco. En dos minutos le contó lo que le había pasado; un paseo al Paraguay, su encuentro con el tigre, y lo demás; y concluía cada cuento, cantando:

—¡Ni una pluma en la cola de Pedrito! ¡Ni una pluma! ¡Ni una pluma!

Y lo invitó a ir a cazar al tigre entre los dos.

El dueño de casa, que precisamente iba en ese momento a comprar una piel de tigre que le hacía falta para la estufa, quedó muy contento de poderla tener gratis. Y volviendo a entrar en la casa para tomar la escopeta, emprendió junto con Pedrito el viaje al Paraguay. Convinieron en que cuando Pedrito viera al tigre, lo distraería charlando, para que el hombre pudiera acercarse despacito con la escopeta.

Y así pasó. El loro, sentado en una rama del árbol, charlaba y charlaba, mirando al mismo tiempo a todos lados, para ver si veía al tigre. Y por fin sintió un ruido de ramas partidas, y vio de repente debajo del árbol dos luces verdes fijas en él: eran los ojos del tigre.

Entonces el loro se puso a gritar:

—¡Lindo día!... ¡Rica, papa!... ¡Rico té con leche!... ¿Querés té con leche?...

El tigre enojadísimo al reconocer a aquel loro pelado que él creía haber muerto, y que tenía otra vez lindísimas plumas, juró que esta vez no se le escaparía, y de sus ojos brotaron dos rayos de ira cuando respondió con su voz ronca:

—¡Acer-cá-te más! ¡Soy sor-do!

El loro voló a otra rama más próxima, siempre charlando:

—¡Rico, pan con leche!... ¡ESTÁ AL PIE DE ESTE ÁRBOL!...

Al oír estas últimas palabras, el tigre lanzó un rugido y se levantó de un salto.

—¿Con quién estás hablando? —rugió—. ¿A quién le has dicho que estoy al pie de este árbol?

—¡A nadie, a nadie! —gritó el loro—. ¡Buen día, Pedrito!... ¡La pata, lorito!...

Y seguía charlando y saltando de rama en rama, y acercándose. Pero él había dicho: está al pie de este árbol, para avisarle al hombre, que se iba arrimando bien agachado y con escopeta al hombro.

Y Llegó un momento en que el loro no pudo acercarse más, porque si no, caía en la boca del tigre, y entonces gritó:

—¡Rica, papa!... ¡ATENCIÓN!

—¡Más cer-ca aún!—rugió el tigre, agachándose para saltar.

—¡Rico, té con leche!... ¡CUIDADO, VA A SALTAR! y el tigre saltó, en efecto. Dio un enorme salto, que el loro evitó lanzándose al mismo tiempo como una flecha en el aire. Pero también en ese mismo instante el hombre, que tenía el cañón de la escopeta recostado contra un tronco para hacer bien la puntería, apretó el gatillo, y nueve balines del tamaño de un garbanzo cada uno entraron como un rayo en el corazón del tigre, que lanzando un rugido que hizo temblar el monte entero, cayó muerto.

Pero el loro, ¡Qué gritos de alegría daba! ¡Estaba loco de contento, porque se había vengado —¡y bien vengado!— del feísimo animal que le había sacado las plumas!

El hombre estaba también muy contento, porque matar a un tigre es cosa difícil, y, además, tenía la piel para la estufa del comedor.

Cuando Llegaron a la casa, todos supieron por qué Pedrito había estado tanto tiempo oculto en el hueco del árbol, y todos lo felicitaron por la hazaña que había hecho.

Vivieron en adelante muy contentos. Pero el loro no se olvidaba de lo que le había hecho el tigre, y todas las tardes, cuando entraba en el comedor para tomar el té se acercaba siempre a la piel del tigre, tendida delante de la estufa, y lo invitaba a tomar té con leche.

—¡Rica, papa!... —le decía—. ¿Querés té con leche?... ¡La papa para el tigre!...

Y todos se morían de risa. Y Pedrito también.

La guerra de los yacarés

En un río muy grande, en un país desierto donde nunca había estado el hombre, vivían muchos yacarés. Eran más de cien o más de mil. Comían peces, bichos que iban a tomar agua al río, pero sobre todo peces. Dormían la siesta en la arena de la orilla, y a veces jugaban sobre el agua cuando había noches de luna.

Todos vivían muy tranquilos y contentos. Pero una tarde, mientras dormían la siesta, un yacaré se despertó de golpe y levantó la cabeza porque creía haber sentido ruido. Prestó oídos, y lejos, muy lejos, oyó efectivamente un ruido sordo y profundo. Entonces llamó al yacaré que dormía a su lado.

—¡Despiértate! —le dijo—. Hay peligro.

—¿Qué cosa? —respondió el otro, alarmado.

—No sé —contestó el yacaré que se había despertado primero—. Siento un ruido desconocido.

El segundo yacaré oyó el ruido a su vez, y en un momento despertaron a los otros. Todos se asustaron y corrían de un lado para otro con la cola levantada.

Y no era para menos su inquietud, porque el ruido crecía, crecía. Pronto vieron como una nubecita de humo a lo lejos, y oyeron un ruido de chas-chas en el río como si golpearan el agua muy lejos.

Los yacarés se miraban unos a otros: ¿qué podía ser aquello?

Pero un yacaré viejo y sabio, el más sabio y viejo de todos, un viejo yacaré a quién no quedaban sino dos dientes sanos en los costados de la boca, y que había hecho una vez un viaje hasta el mar, dijo de repente:

—¡Yo sé lo que es! ¡Es una ballena! ¡Son grandes y echan agua blanca por la nariz! El agua cae para atrás.

Al oír esto, los yacarés chiquitos comenzaron a gritar como locos de miedo, zambullendo la cabeza. Y gritaban:

—¡Es una ballena! ¡Ahí viene la ballena!

Pero el viejo yacaré sacudió de la cola al yacarecito que tenía más cerca.

—¡No tengan miedo! —les gritó— ¡Yo sé lo que es la ballena! ¡Ella tiene miedo de nosotros! ¡Siempre tiene miedo!

Con lo cual los yacarés chicos se tranquilizaron. Pero en seguida volvieron a asustarse, porque el humo gris se cambió de repente en humo negro, y todos sintieron bien fuerte ahora el chas-chas-chas en el agua. Los yacarés, espantados, se hundieron en el río, dejando solamente fuera los ojos y la punta de la nariz. Y así vieron pasar delante de ellos aquella cosa inmensa, llena de humo y golpeando el agua, que era un vapor de ruedas que navegaba por primera vez por aquel río.

El vapor pasó, se alejó y desapareció. Los yacarés entonces fueron saliendo del agua, muy enojados con el viejo yacaré, porque los había engañado, diciéndoles que eso era una ballena.

—¡Eso no es una ballena! —le gritaron en las orejas, porqué era un poco sordo—. ¿Qué es eso que pasó?

El viejo yacaré les explicó entonces que era un vapor, lleno de fuego, y que los yacarés se iban a morir todos si el buque seguía pasando. Pero los yacarés se echaron a reír, porque creyeron que el viejo se había vuelto loco ¿Por qué se iban a morir ellos si el vapor seguía pasando? ¡Estaba bien loco el pobre yacaré viejo!

Y como tenían hambre, se pusieron a buscar peces.

Pero no había ni un pez. No encontraron un solo pez. Todos se habían ido, asustados por el ruido del vapor. No había más peces.

—¿No les decía yo? —dijo entonces el viejo yacaré— Ya no tenemos nada que comer. Todos los peces se han ido. Esperemos hasta mañana. Puede ser que el vapor no vuelva más, y los peces volverán cuando no tengan más miedo.

Pero al día siguiente sintieron de nuevo el ruido en el agua, y vieron pasar de nuevo al vapor, haciendo mucho ruido y largando tanto humo que oscurecía el cielo.

—Bueno —dijeron entonces los yacarés—; el buque pasó ayer, pasó hoy, y pasará mañana. Ya no habrá más peces ni bichos que vengan a tomar agua, y nos moriremos de hambre. Hagamos entonces un dique.

—¡Sí, un dique! ¡Un dique! —gritaron todos, nadando a toda fuerza hacia la orilla—. ¡Hagamos un dique!

En seguida se pusieron a hacer el dique. Fueron todos al bosque y echaron abajo más de diez mil árboles, sobre todo lapachos y quebrachos, porqué tienen la madera muy dura... Los cortaron con la especie de serrucho que los yacarés tienen encima de la cola; los empujaron hasta el agua, y los clavaron a todo lo ancho del río, a un metro uno del otro. Ningún buque podía pasar por allí, ni grande ni chico. Estaban seguros de que nadie vendría a espantar los peces. Y como estaban muy cansados, se acostaron a dormir en la playa.

Al otro día dormían todavía cuando oyeron el chas-chas-chas del vapor. Todos oyeron, pero ninguno se levantó ni abrió los ojos siquiera. ¿qué les importaba el buque? Podía hacer todo el ruido que quisiera, por allí no iba a pasar.

En efecto: el vapor estaba muy lejos todavía cuando se detuvo. Los hombres que iban adentro miraron con anteojos aquella cosa atravesada en el río y mandaron un bote a ver qué era aquello que les impedía pasar. Entonces los yacarés se levantaron y fueron al dique, y miraron por entre los palos, riéndose del chasco que se había llevado el vapor.

El bote se acercó, vio el formidable dique que habían levantado los yacarés y se volvió al vapor. Pero después volvió otra vez al dique, y los hombres del bote gritaron:

—¡Eh, yacarés!

—¡Qué hay! —respondieron los yacarés, sacando la cabeza por entre los troncos del dique.

—¡Nos está estorbando eso! —continuaron los hombres.

—¡Ya lo sabemos!

—¡No podemos pasar!

—¡Es lo que queremos!

—¡Saquen el dique!

—¡No lo sacamos!

Los hombres del bote hablaron un rato en voz baja entre ellos y gritaron después:

—¡Yacarés!

—¿Qué hay? —contestaron ellos.

—¿No lo sacan?

—¡No!

—¡Hasta mañana, entonces!

—¡Hasta cuando quieran!

Y el bote volvió al vapor, mientras los yacarés, locos de contentos, daban tremendos colazos en el agua. Ningún vapor iba a pasar por allí y siempre, siempre, habría peces.

Pero al día siguiente volvió el vapor, y cuando los yacarés

miraron el buque, quedaron mudos de asombro: ya no era el mismo buque. Era otro, un buque de color ratón, mucho más grande que el otro. ¿Qué nuevo vapor era ése? ¿Ése también quería pasar? No iba a pasar, no. ¡Ni ése, ni otro, ni ningún otro!

—¡No, no va a pasar! —gritaron los yacarés, lanzándose al dique, cada cual a su puesto entre los troncos.

El nuevo buque, como el otro, se detuvo lejos, y también como el otro bajó un bote que se acercó al dique.

Dentro venían un oficial y ocho marineros. El oficial gritó:

—¡Eh, yacarés!

—¡Qué hay! —respondieron éstos.

—¿No sacan el dique?

—No.

—¿No?

—¡No!

—Está bien —dijo el oficial—. Entonces lo vamos a echar a pique a cañonazos.

—¡Echen! —contestaron los yacarés.

Y el bote regresó al buque.

Ahora bien, ese buque de color ratón era un buque de guerra, un acorazado con terribles cañones. El viejo yacaré sabio que había ido una vez hasta el mar se acordó de repente, y apenas tuvo tiempo de gritar a los otros yacarés:

—¡Escóndanse bajo el agua! ¡Ligero! ¡Es un buque de guerra! ¡Cuidado! ¡Escóndanse!

Los yacarés desaparecieron en un instante bajo el agua y nadaron hacia la orilla, donde quedaron hundidos, con la nariz y los ojos únicamente fuera del agua. En ese mismo momento, del buque salió una gran nube blanca de humo, sonó un terrible estampido y una enorme bala de cañón cayó en pleno dique, justo en el medio. Dos o tres troncos volaron hechos pedazos, y en seguida cayó otra bala, y otra y otra más, y cada una hacía saltar por el aire en astillas un pedazo de dique, hasta que no quedó nada del dique. Ni un tronco, ni una astilla, ni una cáscara.

Todo había sido deshecho a cañonazos por el acorazado. Y los yacarés, hundidos en el agua, con los ojos y la nariz solamente afuera, vieron pasar el buque de guerra, silbando a toda fuerza.

Entonces los yacarés salieron del agua y dijeron:

—Hagamos otro dique mucho más grande que el otro.

Y en esa misma tarde y esa noche misma hicieron otro dique, con troncos inmensos. Después se acostaron a dormir, cansadísimos, y estaban durmiendo todavía al día siguiente cuando el buque de guerra llegó otra vez, y .el bote se acercó al dique.

—¡Eh, yacarés! —gritó el oficial.

—¡Qué hay! —respondieron los yacarés.

—¡Saquen ese otro dique!

—¡No lo sacamos!

—¡Lo vamos a deshacer a cañonazos como al otro!...

—¡Deshagan... si pueden!

Y hablaban así con orgullo porque estaban seguros de que su nuevo dique no podría ser deshecho ni por todos los cañones del mundo.

Pero un rato después el buque volvió a llenarse de humo, y con un horrible estampido la bala reventó en el medio del dique, porque esta vez habían tirado con granada. La granada reventó contra los troncos, hizo saltar, despedazó, redujo a astillas las enormes vigas. La segunda reventó al lado de la primera y otro pedazo de dique voló por el aire. Y así fueron deshaciendo el dique. Y no quedó nada del dique;

nada, nada. El buque de guerra pasó entonces delante de los yacarés, y los hombres les hacían burlas tapándose la boca.

—Bueno —dijeron entonces los yacarés, saliendo del agua—. Vamos a morir todos, porque el buque va a pasar siempre y los peces no volverán.

Y estaban tristes, porque los yacarés chiquitos se quejaban de hambre.

El viejo yacaré dijo entonces:

—Todavía tenemos una esperanza de salvarnos. Vamos a ver al Surubí. Yo hice el viaje con él cuando fui hasta el mar, y tiene un torpedo. El vio un combate entre dos buques de guerra, y trajo hasta aquí un torpedo que no reventó. Vamos a pedírselo, y aunque está muy enojado con nosotros los yacarés, tiene buen corazón y no querrá que muramos todos.

El hecho es que antes, muchos años antes, los yacarés se habían comido a un sobrinito del Surubí, y éste no había querido tener más relaciones con los yacarés. Pero a pesar de todo fueron corriendo a ver al Surubí, que vivía en una gruta grandísima en la orilla del río Paraná, y que dormía siempre al lado de su torpedo. Hay Surubíes que tienen hasta dos metros de largo y el dueño del torpedo era uno de ésos.

—¡Eh, Surubí! —gritaron todos los yacarés desde la entrada de la gruta, sin atreverse a entrar por aquel asunto del sobrinito.

—¿Quién me llama? —contestó el Surubí.

—¡Somos nosotros, los yacarés!

—No tengo ni quiero tener relación con ustedes —respondió el Surubí, de mal humor.

Entonces el viejo yacaré se adelantó un poco en la gruta y dijo:

—¡Soy yo, Surubí! ¡Soy tu amigo el yacaré que hizo contigo el viaje hasta el mar!

238

Al oír esa voz conocida, el Surubí salió de la gruta.

—¡Ah, no te había conocido! —le dijo cariñosamente a su viejo amigo—. ¿Qué quieres?

—Venimos a pedirte el torpedo. Hay un buque de guerra que pasa por nuestro río y espanta a los peces. Es un buque de guerra, un acorazado. Hicimos un dique, y lo echó a pique. Hicimos otro, y lo echó también a pique. Los peces se han ido, y nos moriremos de hambre. Danos el torpedo, y lo echaremos a pique a él.

El Surubí, al oír esto, pensó un largo rato, y después dijo:

—Está bien; les prestaré el torpedo, aunque me acuerdo siempre de lo que hicieron con el hijo de mi hermano. ¿Quién sabe hacer reventar el torpedo?

Ninguno sabía, y todos callaron.

—Está bien —dijo el Surubí, con orgullo—, yo lo haré reventar. Yo sé hacer eso.

Organizaron entonces el viaje. Los yacarés se ataron todos unos con otros; de la cola de uno al cuello del otro; de la cola de éste al cuello de aquél, formando así una larga cadena de yacarés que tenía más de una cuadra. El inmenso Surubí empujó el torpedo hacia la corriente y se colocó bajo él, sosteniéndolo sobre el lomo para que flotara. Y como las lianas con que estaban atados los yacarés uno detrás del otro se habían concluido, el Suburí se prendió con los dientes de la cola del último yacaré, y así emprendieron la marcha. El Surubí sostenía el torpedo, y los yacarés tiraban, corriendo por la costa. Subían, bajaban, saltaban por sobre las piedras, corriendo siempre y arrastrando al torpedo, que levantaba olas como un buque por la velocidad de la corrida. Pero a la mañana siguiente, bien temprano, llegaban al lugar donde habían construido su último dique, y comenzaron en seguida otro, pero mucho más fuerte que los anteriores, porque por consejo del Surubí colocaron los troncos bien juntos, uno al lado del otro. Era un dique realmente formidable.

Hacía apenas una hora que acababan de colocar el último tronco del dique, cuando el buque de guerra apareció otra vez, y el bote con el oficial y ocho marineros se acercó de nuevo al dique. Los yacarés se treparon entonces por los troncos y asomaron la cabeza del otro lado.

—¡Eh, yacarés! —gritó el oficial.

—¡Qué hay! —respondieron los yacarés.

—¿Otra vez el dique?

—¡Sí, otra vez!

—¡Saquen ese dique!

—¡Nunca!

—¿No lo sacan?

—¡No!

—Bueno; entonces, oigan —dijo el oficial—. Vamos a deshacer este dique, y para que no quieran hacer otro los vamos a deshacer después a ustedes, a cañonazos. No va a quedar ni uno solo vivo, ni grandes, ni chicos, ni gordos, ni flacos, ni jóvenes, ni viejos, como ese viejísimo yacaré que veo allí, y que no tiene sino dos dientes en los costados de la boca.

El viejo y sabio yacaré, al ver que el oficial hablaba de él y se burlaba, le dijo:

—Es cierto que no me quedan sino pocos dientes, y algunos rotos. ¿Pero usted sabe qué van a comer mañana estos dientes? —añadió, abriendo su inmensa boca.

—¿Qué van a comer, a ver? —respondieron los marineros.

—A ese oficialito —dijo el yacaré y se bajó rápidamente de su tronco.

Entretanto, el Surubí había colocado su torpedo bien en medio del dique, ordenando a cuatro yacarés que lo agarraran

240

con cuidado y lo hundieran en el agua hasta que él les avisara. Así lo hicieron. En seguida, los demás yacarés se hundieron a su vez cerca de la orilla, dejando únicamente la nariz y los ojos fuera del agua. El Surubí se hundió al lado de su torpedo.

De repente el buque de guerra se llenó de humo y lanzó el primer cañonazo contra el dique. La granada reventó justo en el centro del dique, hizo volar en mil pedazos diez o doce troncos.

Pero el Surubí estaba alerta y apenas quedó abierto el agujero en el dique, gritó a los yacarés que estaban bajo el agua sujetando el torpedo:

—¡Suelten el torpedo, ligero, suelten!

Los yacarés soltaron, y el torpedo vino a flor de agua.

En menos del tiempo que se necesita para contarlo, el Surubí colocó el torpedo bien en el centro del boquete abierto, apuntando con un solo ojo, y poniendo en movimiento el mecanismo del torpedo, lo lanzó contra el buque.

¡Ya era tiempo! En ese instante el acorazado lanzaba su segundo cañonazo y la granada iba a reventar entre los palos, haciendo saltar en astillas otro pedazo del dique.

Pero el torpedo llegaba ya al buque, y los hombres que estaban en él lo vieron: es decir, vieron el remolino que hace en el agua un torpedo. Dieron todos un gran grito de miedo y quisieron mover el acorazado para que el torpedo no lo tocara.

Pero era tarde; el torpedo llegó, chocó con el inmenso buque bien en el centro, y reventó.

No es posible darse cuenta del terrible ruido con que reventó el torpedo. Reventó, y partió el buque en quince mil pedazos; lanzó por el aire, a cuadras y cuadras de distancia, chimeneas, máquinas, cañones, lanchas, todo.

Los yacarés dieron un grito de triunfo y corrieron como

locos al dique. Desde allí vieron pasar por el agujero abierto por la granada a los hombres muertos, heridos y algunos vivos que la corriente del río arrastraba.

Se treparon amontonados en los dos troncos que quedaban a ambos lados del boquete y cuando los hombres pasaban por allí, se burlaban tapándose la boca con las patas.

No quisieron comer a ningún hombre, aunque bien lo merecían. Sólo cuando pasó uno que tenía galones de oro en el traje y que estaba vivo, el viejo yacaré se lanzó de un salto al agua, y ¡tac! en dos golpes de boca se lo comió.

—¿Quién es ése? —preguntó un yacarecito ignorante.

—Es el oficial —le respondió el Surubí—. Mi viejo amigo le había prometido que lo iba a comer, y se lo ha comido.

Los yacarés sacaron el resto del dique, que para nada servía ya, puesto que ningún buque volvería a pasar por allí. El Surubí, que se había enamorado del cinturón y los cordones del oficial, pidió que se los regalaran, y tuvo que sacárselos de entre los dientes al viejo yacaré, pues habían quedado enredados allí. El Surubí se puso el cinturón, abrochándolo bajo las aletas y del extremo de sus grandes bigotes prendió los cordones de la espada. Como la piel del Surubí es muy bonita, y las manchas oscuras que tiene se parecen a las de una víbora, el Surubí nadó una hora pasando y repasando ante los yacarés que lo admiraban con la boca abierta.

Los yacarés lo acompañaron luego hasta su gruta y le dieron las gracias infinidad de veces. Volvieron después a su paraje. Los peces volvieron también, los yacarés vivieron y viven todavía muy felices, porque se han acostumbrado al fin a ver pasar vapores y buques que llevan naranjas.

Pero no quieren saber nada de buques de guerra.

Había una vez un venado —una gama— que tuvo dos hijos mellizos, cosa rara entre los venados. Un gato montés se comió a uno de ellos, y quedó sólo la hembra. Las otras gamas, que la querían mucho, le hacían siempre cosquillas en los costados.

Su madre le hacia repetir todas la mañanas, al rayar el día, la oración de los venados. Y dice así:

I. Hay que oler bien primero las hojas antes de comerlas, porque algunas son venenosas.

II. Hay que mirar bien el río y quedarse quieto antes de bajar a beber, para estar seguro de que no hay yacarés.

III. Cada media hora hay que levantar bien alto la cabeza y oler el viento, para sentir el olor del tigre.

IV. Cuando se come pasto del suelo hay que mirar siempre antes los yuyos, para ver si hay víboras.

Este es el padrenuestro de los venados chicos. Cuando la gamita lo hubo aprendido bien, su madre la dejó andar sola.

Una tarde, sin embargo, mientras la gamita recorría el monte comiendo las hojitas tiernas, vio de pronto ante ella, en el hueco de un árbol que estaba podrido, muchas bolitas juntas que colgaban. Tenían un color oscuro, como el de las pizarras.

243

¿Qué sería? Ella tenía también un poco de miedo, pero como era muy traviesa, dio un cabezazo a aquellas cosas, y disparó.

Vio entonces que las bolitas se habían rajado, y que caían gotas. Habían salido también muchas mosquitas rubias de cintura muy fina, que caminaban apuradas por encima.

La gama se acercó, y las mosquitas no la picaron. Despacito, entonces, muy despacito, probó una gota con la punta de la lengua, y se relamió con gran placer: aquellas gotas eran miel, y miel riquísima porque las bolas de color pizarra eran una colmena de abejitas que no picaban porque no tenían aguijón. Hay abejas así.

En dos minutos la gamita se tomó toda la miel, y loca de contenta fue a contarle a su mamá. Pero la mamá la reprendió seriamente. —Ten mucho cuidado, mi hija —le dijo—, con los nidos de abejas. La miel es una cosa muy rica, pero es muy peligroso ir a sacarla. Nunca te metas con los nidos que veas.

La gamita gritó contenta: —¡Pero no pican, mamá! Los tábanos y las uras sí pican; las abejas, no.

—Estás equivocada, mi hija —continuó la madre—. Hoy has tenido suerte, nada más. Hay abejas y avispas muy malas. Cuidado, mi hija, porque me vas a dar un gran disgusto.

—¡Sí, mamá! ¡Sí, mamá! —respondió la gamita. Pero lo primero que hizo a la mañana siguiente, fue seguir los senderos que habían abierto los hombres en el monte, para ver con más facilidad los nidos de abejas.

Hasta que al fin halló uno. Esta vez el nido tenía abejas oscuras, con una fajita amarilla en la cintura, que caminaban por encima del nido. El nido también era distinto; pero la gamita pensó que, puesto que estas abejas eran más grandes, la miel debía ser más rica.

244

Se acordó asimismo de la recomendación de su mamá; mas, creyó que su mamá exageraba, como exageraban siempre las madres de las gamitas. Entonces le dio un gran cabezazo al nido.

¡Ojalá nunca lo hubiera hecho! Salieron en seguida cientos de avispas, miles de avispas que le picaron en todo el cuerpo, le llenaron todo el cuerpo de picaduras, en la cabeza, en la barriga, en la cola; y lo que es mucho peor, en los mismos ojos. La picaron más de diez en los ojos.

La gamita, loca de dolor corrió y corrió gritando, hasta que de repente tuvo que pararse porque no veía más: estaba ciega, ciega del todo.

Los ojos se le habían hinchado enormemente, y no veía más. Se quedó quieta entonces, temblando de dolor y de miedo, y sólo podía llorar desesperadamente.

—¡Mamá!... ¡Mamá!...

Su madre, que había salido a buscarla, porque tardaba mucho, la halló al fin, y se desesperó también con su gamita que estaba ciega. La llevó paso a paso hasta su cubil con la cabeza de su hija recostada en su pescuezo, y los bichos del monte que encontraban en el camino, se acercaban todos a mirar los ojos de la infeliz gamita.

La madre no sabía qué hacer. ¿Qué remedios podía hacerle ella? Ella sabía bien que en el pueblo que estaba del otro lado del monte vivía un hombre que tenía remedios. El hombre era cazador, y cazaba también venados, pero era un hombre bueno.

La madre tenía miedo, sin embargo, de llevar a su hija a un hombre que cazaba gamas. Como estaba desesperada se decidió a hacerlo. Pero antes quiso ir a pedir una carta de recomendación al oso hormiguero, que era gran amigo del hombre.

Salió, pues, después de dejar a la gamita bien oculta, y atravesó corriendo el monte, donde el tigre casi la alcanza. Cuando llegó a la guarida de su amigo, no podía dar un paso más de cansancio.

Este amigo era, como se ha dicho, un oso hormiguero; pero era de una especie pequeña, cuyos individuos tienen un color amarillo, y por encima del color amarillo una especie de camiseta negra sujeta por dos cintas que pasan por encima de los hombros. Tienen también la cola prensil porque viven siempre en los árboles, y se cuelgan de la cola.

¿De dónde provenía la amistad estrecha entre el oso hormiguero y el cazador? Nadie lo sabía en el monte; pero alguna vez ha de llegar el motivo a nuestros oídos.

La pobre madre, pues, llegó hasta el cubil del oso hormiguero.

—¡Tan!, ¡tan!, ¡tan! —llamó jadeante.

—¿Quién es? —respondió el oso hormiguero.

—¡Soy yo, la gama!

—¡Ah, bueno! ¿Qué quiere la gama?

—Vengo a pedirle una tarjeta de recomendación para el cazador. La gamita, mi hija, está ciega.

—¿Ah, la gamita? —le respondió el oso hormiguero—. Es una buena persona. Si es por ella, sí le doy lo que quiere. Pero no necesita nada escrito... Muéstrele esto, y la atenderá.

Y con el extremo de la cola, el oso hormiguero le extendió a la gama una cabeza seca de víbora, completamente seca, que tenía aún los colmillos venenosos.

—Muéstrele esto —dijo aún el comedor de hormigas—. No se precisa más.

—¡Gracias, oso hormiguero! —respondió contenta la gama—. Usted también es una buena persona.

Y salió corriendo, porque era muy tarde y pronto iba a amanecer.

Al pasar por su cubil recogió a su hija, que se quejaba siempre, y juntas llegaron por fin al pueblo, donde tuvieron que caminar muy despacito y arrimarse a las paredes, para que los perros no las sintieran. Ya estaban ante la puerta del cazador.

—¡Tan!, ¡tan!, ¡tan! —golpearon.

—¿Qué hay? —respondió una voz de hombre, desde adentro.

—¡Somos las gamas!... ¡TENEMOS LA CABEZA DE VÍBORA!

La madre se apuró a decir esto, para que el hombre supiera bien que ellas eran amigas del oso hormiguero.

—¡Ah, ah! —dijo el hombre, abriendo la puerta—. ¿Qué pasa?

—Venimos para que cure a mi hija, la gamita, que está ciega.

Y contó al cazador toda la historia de las abejas.

—¡Hum!... Vamos a ver qué tiene esta señorita —dijo el cazador. Y volviendo a entrar en la casa, salió de nuevo con una sillita alta, e hizo sentar en ella a la gamita para poderle ver bien los ojos sin agacharse mucho. Le examinó así los ojos, bien de cerca con un vidrio redondo muy grande, mientras la mamá alumbraba con el farol de viento colgado de su cuello.

—Esto no es gran cosa —dijo por fin el cazador, ayudando a bajar a la gamita—. Pero hay que tener mucha paciencia. Póngale esta pomada en los ojos todas las noches, y téngale veinte días en la oscuridad. Después póngale estos lentes amarillos, y se curará.

—¡Muchas gracias, cazador! —respondió la madre, muy

contenta y agradecida—. ¿Cuánto le debo?

—No es nada —respondió sonriendo el cazador—. Pero tenga mucho cuidado con los perros, porque en la otra cuadra vive precisamente un hombre que tiene perros para seguir el rastro de los venados.

Las gamas tuvieron gran miedo; apenas pisaban, y se detenían a cada momento. Y con todo, los perros las olfatearon y las corrieron media legua dentro del monte. Corrían por una picada muy ancha, y delante la gamita iba balando.

Tal como lo dijo el cazador se efectuó la curación. Pero sólo la gama supo cuánto le costó tener encerrada a la gamita en el hueco de un gran árbol, durante veinte días interminables. Adentro no se veía nada. Por fin una mañana la madre apartó con la cabeza el gran montón de ramas que había arrimado al hueco del árbol para que no entrara luz, y la gamita, con sus lentes amarillos, salió corriendo y gritando:

—¡Veo, mamá! ¡Ya veo todo!

Y la gama, recostando la cabeza en una rama, lloraba también de alegría, al ver curada su gamita.

Y se curó del todo. Pero aunque curada, y sana y contenta, la gamita tenía un secreto que la entristecía. Y el secreto era éste: ella quería a toda costa pagarle al hombre que tan bueno había sido con ella y no sabia cómo.

Hasta que un día creyó haber encontrado el medio. Se puso a recorrer la orilla de las lagunas y bañados buscando plumas de garza para llevarle al cazador. El cazador, por su parte, se acordaba a veces de aquella gamita ciega que él había curado.

Y una noche de lluvia estaba el hombre leyendo en su cuarto, muy contento porque acababa de componer el techo de paja, que ahora no se llovía más; estaba leyendo cuando oyó que llamaban. Abrió la puerta, y vio a la gamita que le traía un atadito, un plumerito todo mojado de plumas de garza.

El cazador se puso a reír, y la gamita, avergonzada porque creía que el cazador se reía de su pobre regalo, se fue muy triste. Buscó entonces plumas muy grandes, bien secas y limpias, y una semana después volvió con ellas; y esta vez el hombre, que se había reído la vez anterior de cariño, no se rió esta vez porque la gamita no comprendía la risa. Pero en cambio le regaló un tubo de tacuara lleno de miel, que la gamita tomó loca de contento.

Desde entonces la gamita y el cazador fueron grandes amigos. Ella se empeñaba siempre en llevarle plumas de garza que valen mucho dinero, y se quedaba las horas charlando con el hombre. Él ponía siempre en la mesa un jarro enlozado lleno de miel, y arrimaba la sillita alta para su amiga. A veces le daba también cigarros que las gamas comen con gran gusto, y no les hacen mal. Pasaban así el tiempo, mirando la llama, porque el hombre tenía una estufa de leña mientras afuera el viento y la lluvia sacudían el alero de paja del rancho.

Por temor a los perros, la gamita no iba sino en las noches de tormenta. Y cuando caía la tarde y empezaba a llover, el cazador colocaba en la mesa el jarrito con miel y la servilleta, mientras él tomaba café y leía, esperando en la puerta el ¡tan-tan! bien conocido de su amiga la gamita.

Índice

COLECCIÓN SIGLO 19

Colección 519 letras

Jorge Isaacs – María
José Asunción Silva – De sobremesa
Leopoldo Alas «Clarín» – La Regenta
Franz Kafka – La metamorfosis
Felipe Trigo – El médico rural
Nathaniel Hawthorne – La letra escarlata
Arthur Conan Doyle – La Guardia Blanca
Charles Nodier – El pintor de Salzburgo
José Eustasio Rivera – La vorágine
Sun Tzu – El arte de la guerra
Joseph Conrad – El corazón de las tinieblas
Charlotte Brontë – Jane Eyre
Robert Louis Stevenson – El extraño caso del Dr. Jekill y el Sr. Hyde
Edgar Allan Poe – El cuervo y otros poemas
Arthur Conan Doyle – Estudio en escarlata
Arthur Conan Doyle – La firma de los cuatro
José Manuel Marroquín – El Moro

519editores.
wordpress.com

Made in the USA
Las Vegas, NV
21 May 2021

23272920R00152